歡迎哭泣

橘子作品 31

Dry Your Tears with Love

【自序】那一天

那一天大概可說是我人生的縮影。

那一天我們本來只是想去喝杯咖啡然後就各自回家。然而走到那家咖啡店前，我看著咖啡店門口的看板手寫著這一行字：世界上最好喝的咖啡。真不知道這行字是哪裡不對，總之我就這麼轉頭走向隔壁的店，而這，就是這整本書的開端。

這故事開始於一個剛認識的陌生人，當時我身邊坐著一個久違的朋友，而對面則是那個認識很久但之後不會再聯絡的人，在那天整個晚上我一直很想回家，不明白為什麼聚會的時間一直被延長，還出現本來沒預計會出現的人；在這樣矛盾並且肚子非常飢餓而且也確實一直在店裡大聲抱怨肚子很餓，氣噗噗到店老闆把鄰家送來的蛋糕端來而我居然還不知感恩的說：

「我要吃熱熱的鹹鹹有湯的！」

在那麼不知感恩卻又非常感謝的莫名其妙心情轉折裡，那個一年前斷稿的故事就是這麼被重新想起；如果你們把書再繼續往下翻開幾頁，大概就可以看到那個曾經被遺棄又被再度想起的開場白：一九九九那一年的復興商工有過這麼個畫面。

而這的確就是我人生的縮影：本來我只是想去喝杯咖啡，結果卻意外寫起了一本曾經被遺棄的小說；本來我只是想要打發個等待開學的夏天，結果寫著寫著作家變成我的職業，職業小說家。

《歡迎哭泣》這本書在那年冬天一月那個肚子很餓的晚上重新回到我的腦海，在送走一隻狗以及兩位家族長輩之後、遲至十月才終於動筆，同年冬天故事的主軸已經完全偏離當初的設定；當初為了原本的設定我曾經訪問過幾個人，而其中一個年輕女生告訴我：

「國中我念的是美術班，但因為現實的考量，所以就選擇容易就業的科系，可是從小我就想要當繪畫老師，小時候還會把娃娃們當成學生，然後我自己扮演老師在玻璃窗上教娃娃們畫畫。」

我幾乎可以看見那個畫面。

雖然有點遺憾基於種種考量最終還是沒有把那個畫面寫進書裡，不過現實生活中當年那個小女孩最終還是完成她最初的夢想成為一個繪畫老師，在現實生活中，或許就是二十年以後，她眼前不再是娃娃而是學生，而我，曾經是其中一個。

這故事也橫跨二十年的時間線，總計有三組人馬前後出現，他們遇到大致類似的事情以及大致類似的迷惘，而迷惘，就是這整本書裡，我唯一想要說的事情；我不太確定這本書是否依舊是所謂橘式風格的愛情小說，總之這事就交給所有買下這本書的你們決定。

在每一本橘書的序裡，我幾乎都會不知疲倦的寫下聲明：這是虛構的故事。

而這次也不例外。

感謝所有買下這本書的你們。

橘子

當時

以前我以為一分鐘很快就會過去，其實是可以很長的。
有一天有個人指著手錶跟我說，他會因為那一分鐘記得我。
那時候我覺得很動聽。
但現在我看著時鐘，我就告訴自己：
我要從這一分鐘開始忘掉這個人。

——阿飛正傳。王家衛

第一章　他記得那一天

一九九九那一年的復興商工有過這麼個畫面：每天午餐時間的福利社會有一個輪廓很深皮膚白皙身形削瘦的高三男生手裡拿著一罐麥香紅茶什麼事也不做就是站著看人，那時候有些人知道他就是那個老師口中很有設計天分但性格確實相當古怪的傢伙，那時候他覺得自己有點像《麥田捕手》裡的荷頓，那麼疑問那麼孤單那麼不被理解，那時候他有一點希望是不是會有哪個誰走過來問他一句：你怎麼了？

那時候他在午餐的福利社乾站了兩個星期左右，才終於有個女生遠遠向他走來，開口，說：

「你應該把麥香紅茶換成一根拖把，並且不是站在福利社而是教室走廊的黑板前，然後趁所有人都下課之後偷偷拿起粉筆寫下那個世界上只有三個人知道怎麼解開的數學答案。」

他眼睛瞬間亮了起來：

「電影《心靈捕手》。」

「對。好像是兩三年前的電影了？可是很好看，我重看了好幾次還買了光碟，尤其是這一幕：羅賓．威廉斯一次次重複著告訴麥特．戴蒙這不是你的錯這不是你的錯這不是你的錯。我跟你發誓，這場戲我看幾次哭幾次，不誇張。」女孩一氣呵成的說，然後，立刻：「你在幹嘛？」

「吭？電影裡沒有這一句啊。」

「不是啦白痴，別管電影了，我是說、你在幹嘛？我觀察你很久了，你有點心靈捕手裡那個天才少年的感覺，悶悶的好像總是在想著什麼想做什麼可是又都不敢去做所以就一直生自己的氣；不過當然，你沒那麼帥身材沒那麼好行為也沒那麼壞。你抽菸嗎？喝酒嗎？打架嗎？」

「不，我不抽菸不喝酒也不打架。」

「我想也是。所以，你在幹嘛？」

你在幹嘛？復興商工，麥香紅茶，那個女孩。

那是他人生中想到的第一部電影劇本，可是他始終沒有把它拍成，只是往後每當被記者或者主持人問起：你這個非電影科系的學生怎麼會開始拍電影當導演的時候，他總是會提到**那個畫面**以及那份作業有時候還包括他當時手中的那罐麥香紅茶。

但有一次，他提到她，不經意的，稍微的，輕描淡寫。

實際上他當時拍的不是電影，而是老師出的作業，作業是要他們試著拍一段廣告，當同學們還在哀號所謂的廣告腳本要怎麼寫、是什麼格式的時候，他早就已經快手快腳的想好一個類似驚悚片的廣告腳本，是連分鏡畫面都一手畫好的那種完整程度，可是他找不到適合的人幫他演出那個角色，那是他生平第一次具體感覺到人脈有多麼重要以及自己是多麼孤單的存在，於是他每天午餐時間就站在福利社裡尋找他的廣告女主角，他是看到幾個長相很適合的女生，可是不知怎麼的，他就是跨不出那一步也開不了口。

他不是很習慣和陌生人講話。

直到**那個女孩**主動開口問他說：你在幹嘛？

實際上當那個女孩問出「你在幹嘛？」的下一分鐘就立刻後悔，因為他久逢知己似的往她耳裡倒進一缸子電影經；他就這麼站著一直講啊講的講到讓她只能一直聽啊聽的聽到上課鐘聲響起，她才終於有了開口的機會：

「喂！你真的很能講耶！完全不像大家講的那麼自閉啊。」

「妳認識我？」

「你很有名啊！廣告科，三年級，對吧？」

「對。妳哪一科？」

「你學妹，二年級。欸、我說，你這麼孤僻的人、喊得出全班同學的名字嗎？你記得班上總共有幾個同學嗎？」

她戲謔的問，然後自顧著咯咯笑。他發現自己很喜歡她這一點：在講完笑話之後、自己會先忍不住笑出來的這一點。那個表情很可愛。他沒想過原來和陌生人聊天可以那麼自在，連被挖苦都可以感覺到愉快。

「好啦！不鬧你了，我要回教室了，上課遲到了。」

「妳叫什麼名字？」

「韓佩瑾。」

她頭也沒回的說。

而至於他則是跨出那一步。

那天放學之後，他帶著兩罐麥香紅茶到他們教室找她。

「算是賄賂。」

「什麼賄賂？」

「回答妳中午的問題：我在找我的女主角。」

「好浪漫的答案！真看不出來你是這一型的。」

她接過其中一罐麥香紅茶，眼底閃過一絲期待，不太明顯的。

「你在暗戀誰是嗎？我們班的？」

「完全不是妳以為的那回事。美惠老師出了一份廣告作業，我是在找我的廣告女主角。」

「誰啊？」

「妳啊。」

她愣住。

他快轉似的說：「我的女主角不必太漂亮，但是眼睛要夠大！因為我要拍一幕女生被嚇到的眼睛特寫畫面。那畫面會超讚的！真的！」他傾身向前仔細研究她的臉：「妳可以把眼鏡拿下來給我看一下妳的眼睛嗎？看起來好像真的很大顆。」

那畫面很讚，真的，他有把握，他後來也確實做到了。

可是在那當下他聽到的回答卻是：

「不要。」

「為什麼？我可以請妳吃麥當勞！而且我會把妳拍得很漂亮喔。」

「我比較喜歡肯德基，還有，重點：女主角不用很漂亮是什麼意思？」

「可是妳很上相啊。」

「還可是咧！」她氣呼呼的重複可是這兩個字，在一個深呼吸之後，她笑裡藏著怒氣：「溫馨小提醒，當你只想用麥當勞打發女生幫你拍廣告的時候，請務必要記得：絕對絕對不要直接跟對方說：不用很漂亮沒關係。因為那好像是在告訴女生：妳其實並不漂亮。」最後，她說：「白痴，走開啦。」

最後他只好找妹妹當女主角幫他拍那份廣告作業，而代價是他要打掃一個月的廁所外加請客一個星期的麥當勞，那份廣告作業最後拿到全班最高分數，他的確把妹妹拍得很漂亮，他一向很會拍人；託韓佩瑾的福，當他走投無路問妹妹當女主角時、他有記得沒說：「女主角不用很漂亮沒關係。」

後來他沒再放下那台爸爸借給他的DV，後來他發現比起平面設計他更著迷影像創作，他後來開始拍攝短片參加競賽還拿到不少獎金，他越拍越上癮，他後來野心勃勃開始嘗試自己寫劇本申請國家的電影輔導金，他一開始只是想要試著拍一部自己想看的電影，他沒有想到後來他的電影會被那麼多陌生人喜歡，他後來——

他後來問過好幾次韓佩瑾當他的女主角，不管是早期的短片，又或者初試啼聲就獲得好評的電影，可是每次都被她拒絕；他始終不知道為什麼，她已經看見他的確善於把人拍得很漂亮了啊。

在那部初試啼聲就大獲好評的電影之後，他乾脆從大學肄業專心拍更多更多電影，他就這麼一頭栽進電影的世界裡，幾度還成為指標性的票房導演、往來那些他從小看著他們電影長大的明星。可是他最想拍的女孩，卻始終不肯當他的女主角。

他始終不知道為什麼。

第二章　妳記得那一年

兩個回憶，都是一九九九那一年的事，都是和他一起的回憶；短短的一年不到，卻長長了你們的一輩子。

一九九九年七月二十九那晚的全台大停電，正確的說法是全台灣從台南以北一片漆黑，而時間是晚上11:38，往後的新聞報導以及維基百科會如此正確無誤的告訴世人，而實際上當時妳才剛入睡不久，只是很快就被熱醒，當時妳以為這只是尋常的停電，只要稍微忍耐一下很快就會恢復，但如今妳已經完全想不起來那一年那一天電力是什麼時候幾點幾分恢復？只記得那陣子謠言滿天飛，謠言從即將發生大地震到中共打飛彈過來以及世界末日又來啦……各式各樣的臆測都有，搞得大家人心惶惶。就除了他之外，他是那種不管世界發生什麼事情，永遠都只活在自己和電影裡的人。這麼說對嗎？

全台大停電那一晚，他拿著小石頭往妳房間的窗戶敲，彷彿愛情電影會出現的畫面，但這畫面卻始終沒有出現在他的電影裡。

「連手機都沒有訊號。」

拿出牛仔褲口袋的Nokia3210，他解釋。

「你在幹嘛？」

趁著爸媽還沒發現之前，妳很快的溜下樓去，而劈頭，他就說：

「我拍到了！黑漆漆的台北。」

「你有病喔？現在是怎樣？」

「不知道耶，到處都停電。是不是外星人來了？」

「不是啦，我是說這時間你在我家附近亂晃是幹嘛？」

「勘景啊。妳爸說印刷廠下班後可以借給我拍短片，而且不收費喔。妳爸真是大好人。」

「你好好蹲南陽街考大學比較重要吧？你爸不是收回他的DV不借你了？」

「對啊，所以我偷偷跟朋友借了數位DV，更好用。」

他得意的笑。

那時候的你們都還不知道就在那不久之後，台灣的電影史將會留下他一個位子。

「要不要看夜景？」

「吭？」

「我開了我爸的車，想往山上去看看台北的情況怎麼樣，是不是只有這一區停電？」

「可是沒有街燈耶。」

「所以啊，搞不好可以看到台北的星空。妳什麼時候看過這樣的台北？出生前嗎？」

妳什麼時候看過這樣的台北？出生前嗎？

就這麼你們一路開車到山的最高處，停車，熄火，俯瞰整個台北。那時候的台北只有兩家醫院還亮著燈火以及街道上稀稀疏疏的車燈，不多。

那是你們第一次也是唯一一次看過這樣的台北。

「這真的超適合拍恐怖片的。」他說：「我已經想好了，我的第一部電影要拍恐怖片，台灣人從來沒有拍過的那種恐怖片。」

「那你加油。」

「妳也講得有誠意一點好不好？」

「我還想跟你上同一所大學耶。」

他沉默。

「你就好好念書準備考試嘛，反正就一年？」

「我不喜歡南陽街。」

「誰會喜歡南陽街。」

「補習班燈光太亮了，亮得我眼睛痛。」

「那你戴墨鏡上課啊。」

「那我要不要也戴安全帽上課？因為那裡也會害我頭痛，可能是因為二氧化碳濃度太高。」

「你喔。」

他轉開頭。

換了個話題，妳問他：

「那不然你第一部先拍愛情電影好了，感覺比較有市場。」

「為什麼？」

「只要是人都需要愛啊。」

「喔。」

「而且恐怖片感覺還是好萊塢的特效比較好看，你又沒有錢拍特效。」

「不曉得，我不是很有興趣拍愛情電影。」

「為什麼？」

「我不太懂。」

「不太懂什麼？」

「愛情。」

「說起來，你有交過女朋友嗎？」

他聳聳肩膀。

「我以為……」

「嗯？」

「我以為妳是我的女朋友。」

「喔。」

「我以為我們這樣就算是交往。」

「嗯。」

他轉開頭，再一次。

沉

默

「萬一啦，我是說萬一以後有人拿著錢上門指定要你拍愛情電影，到時候你該怎麼指導演員吻戲？」

他還是聳聳肩膀，不過眼睛亮了起來，他喜歡這個話題，萬一以後有人找他拍電影的這個話題。

「要來練習嗎？」

「嗯？」

Kiss，初吻，妳的，他的，在台北難得一見的點點星空下。

妳什麼時候看過這樣的台北？

然後是九二一。

天搖地動，然後又是停電，以及，是的，他又出現在妳家樓下，只是這一次，他來的時間比較久，他這次是專程從他家趕來找妳。

「還好妳沒事！」

而，這是他開口的第一句話，然後，他抱住妳，緊緊的抱住，他在發抖，他很害怕，以及，他這次手上沒有拿任何東西，尤其是DV。

他專程來找妳。他好快的說著：

「我好怕妳怎麼了，好像很多大樓倒了，有些地方還失火了。」

「我好感動喔。」

「真的！我以為就要死掉了，好不甘心，我還沒拍電影耶！」

又來了。

「街上好多消防車，地震真的好大，一直搖一直搖，所以我回神之後的第一件事情就是趕快跑來看妳有沒有事。」

「你是來看我有沒有事還是我爸借你拍片的工廠有沒有事？」

「妳。」

他堅定的說，而妳，笑了，甜甜的。如果時間可以就凍結在這一刻，多好？

「真是難得終於有一次你手上沒有拿著DV。」

「那種東西再買就有了。」

「但裡頭的影片呢？」

「那種東西再拍就好了。」

「那我呢？」

「所以我立刻就跑來了。」

妳還是笑，在他懷裡，笑得都忘記要害怕。

「妳笑什麼？」

「很白痴的東西啦。」妳據實以告：「我曾經想過這個問題：如果是我和DV同時掉進海裡，你會救哪一個？可是我一直不敢問你，因為我覺得你會救DV。」

妳有點忘記那時候他囁嚅著什麼，只記得那時候的你們是快樂的，雖然那一次的地震重創了台灣。狠狠的。

所幸，每一次的天災人禍，這塊土地上的人們總能團結走過，挺過。

多災多難的一年，你們認識的那一年，以及，註定了要不平凡的人，他。

他。

那時候他還沒有那麼瘋狂，那時候他每天都會帶著兩罐麥香紅茶來接妳放學，你們約會的場所不是麥當勞就是電影院，或者他騎機車載著妳到處勘景，你們的最高紀錄是每天看兩場電影以及騎著機車離開台北；可是妳從來沒有告訴過他、其實妳並沒有真的很喜歡看電影也不喜歡離開台北，因為說了好像也沒用，正如同妳早就告訴過他、妳比較喜歡肯德基而不是麥當勞。

所以後來妳也不說了，因為妳知道，他不會聽。

那是妳以為的愛：把自己變成對方。

同化。

童話。

那時候他沒去過幾次南陽街上課倒是經常在漫畫王等妳下課，他腦子裡永遠有故事在跑，他說話的速度總是很快，他看待這世界的角度永遠和一般人很不一樣。

那時候他拍了很多短片，青澀的狂放的反叛的自溺的無病呻吟的，而其中一部他拿去申請多元入學的大學商業設計系，就此告別他最討厭的南陽街，那個太亮太多白光太多後腦勺二氧化碳濃度太高的根本就不應該存在於這世界的鬼地方。

那時候你們的關係開始在變。

你們考上不一樣的大學，妳因為分數離開並不想離開的台北，而他則是繼續透過鏡頭看這世界。

他經常一拍片就忘記時間，忘記吃飯忘記睡覺也忘記你們的約會，妳經常得提醒他起碼要記得吃飯，直到妳開始有點懷疑自己也經常被他忘記；妳於是開始吃回肯德基，不再進電影院，就是連麥香紅茶都沒怎麼再喝過。太甜了。

那時候妳身邊開始出現別的追求者，於是妳才知道，原來在別人眼中，妳看起來不像是個有男朋友的人。

有男朋友的女孩，怎麼會總是和姐妹待在一起？

妳把手機換成Sony Ericsson，試著不再期待他會記得每天打電話給妳。

那時候他拍膩了短片開始計畫拍一部真正的電影，他開始變成妳有點不認識的人，以前就算他再想要跟某個人說話、也總是只敢站在旁邊不敢出聲，可是後來他甚至會自己主動去找資金；拍片的確燒錢，而夢想的確會把人改變。

那時候他大學沒怎麼去上課倒是成天窩在敦南誠品，幾天之後，他寫出一部劇本並且試著申請電影輔導金；他的劇本他的構思他的短片成果吸引到投資者資助他的第一部電影，他一直就很想拍的恐怖片，台灣從來沒有人拍過的那種。

那年妳大二，那是他最後一次問妳要不要當他的女主角？

「是真正的電影喔，」他試著說服妳，「而且很有機會能上院線片喔。」

「不要，我討厭屍體。」

「又不是真的。」

「反正我不要。」

妳不喜歡電影更別提還得要演戲，妳始終沒有告訴他這些，因為妳知道他一定不會懂：在這個世界上，怎麼可能有人會不喜歡電影。

童話？

同化？

他他他他他。

那部他幾天就寫出來的電影劇本花了他三個月左右的時間拍攝，然後剪輯後製配樂，隔年如願在電影院上映，在那個國片只要不虧錢就算是賺錢的年代，他的電影票房罕見地突破千萬將近兩千，他留下當時台灣國片電影票房的紀錄。

他瞬間成名。

第一部電影的成功讓他得到更多的關注以及更大的投資資金，還有餘裕讓製片公司付錢請編劇幫他寫電影劇本的那種功成名就，於是他果斷休學、專注拍電影，他的夢想在飛，而你們的距離拉遠，遠到妳幾乎看他不見。

他他他他他。

妳幾乎想不起來你們上次約會是什麼時候哪年哪月？但是妳記得妳最後一次親眼看見他是隔年在他第二部電影的試映座談會上，那是一部以前他說他不會拍他也不懂的愛情電影，他的確是個有才華的導演，可是卻不是個好男友。

他忘記妳，也忘記自己曾經說過：我不拍愛情電影，我不懂愛情。

在座談會上，隔著媒體隔著觀眾，妳遠遠的注視著他，妳不再認為散場之後他會記得打個電話給妳，因為他到時候想必就已經累壞；但妳以為散場之後妳會發個簡訊給他，可是結果妳卻沒有，妳自己也不知道為什麼。

那一年，有個叫作林俊傑的新人歌手推出《樂行者》這張專輯，而專輯裡有一首歌〈不懂〉，這首歌後來變成張惠妹唱的那首經典歌曲：〈記得〉。

誰還記得　愛情開始變化的時候
我和你的眼中　看見了不同的天空
走得太遠　終於走到分岔路的路口
是不是你和我　要有兩個　相反的夢

作詞／易家揚　作曲／林俊傑

隔年，林俊傑拿下第十五屆金曲獎最佳新人，而妳則收到他從坎城寄來的明信片，明信片上一個字也沒寫，只畫著妳的素描畫像和他的簽名還有日期；看著郵戳，妳不知道自己該是什麼感覺？人像是最難畫的物件，你們的繪畫老師曾經這麼告訴過你們，可是他把妳畫得很好，他依舊還是那個大家口中很有天分的設計鬼才，他還是很會畫畫，他不只會把人拍得很美，他連人都畫得很美，可是素描畫像上的妳還是長頭髮，但其實，妳早已經剪短了頭髮。

他沒看到，也不知道。

妳傳了訊息告訴他、妳收到明信片了，妳不知道也沒有問此刻他人在哪裡哪個國家那邊現在幾點是否正在參加哪個影展或者又正在和哪個製片吃飯聊著他們的下一個拍片計畫，因為如果他此刻人又不在台灣的話那麼海外漫遊的費用很貴。妳厭倦了老是得問他這些問題。

妳只是一如往常的發簡訊提醒他：

「你要記得吃飯，不要老是忘記吃飯。」

妳厭倦了自己是影子般的存在，彷彿還絆住了他的飛翔，飛向更高更遠更應該屬於他的天空。那是害，不是愛。

妳厭倦了每當提起自己時說的卻總是他。

他他他他他。

第三章　我記得那幾年

如果緣分這東西可以具體化變成靶子，那麼我會對著它射擊，而靶子的紅心，會寫上莊嚴這名字。

我和莊嚴是國小同學，有兩年或四年是同班同學，又或者有兩年或四年是隔壁班同學，我記的不是很清楚了其實，畢竟都童年時候的事情了，只記得莊嚴是班上個子最高的男生也是班上第一個戴眼鏡的人，除此之外他沒再給人留下任何印象，不記得他成績如何？和誰特別要好？爸媽什麼職業家裡幾個兄弟姐妹？國小那六年有沒有喜歡過哪一個女生或者被哪一個女生喜歡過？有沒有曾經和哪個誰為了搶下課十分鐘的盪鞦韆或溜滑梯打過架？總之是這麼個除了長很高皮膚很白又戴眼鏡之外，每個同學或許還包括老師大概都說不上關於莊嚴這個人的記憶。是這麼個沒有存在感的傢伙，這莊嚴。

然而，這麼個沒有存在感也不確定他在班上到底有沒有朋友的莊嚴卻參加了同學會，那是我們國二那一年，我記得很清楚；國中時候聽說莊嚴念的是升學班但卻已經在抽菸喝酒並且同學會那天他是自己騎機車來參加的，這事情狠狠的嚇了我們一跳，我指的是從國中就開始無照駕駛並且同學會那天還把機車就這麼大剌剌停放在老師的機車隔壁，而最最奇怪的是，老師居然沒有指責他怎麼可以未成年就無照駕駛卻只是提醒他要記得戴安全帽。

而至於抽菸喝酒則是李泓道事後告訴我的。

「你別看莊嚴那副好學生呆樣，他已經開始抽菸喝酒了。」

「你們同一所國中？」

「嗯，還同班，不過我跟他還是不熟。」還是不熟，李泓道說，然後，話題一轉：「媽的模擬考少一分打一下，你們學校也這樣？」

「嗯。」

「我被打得慘斃了。有時候我甚至會很想要站起來大聲講：報告老師，不然妳打我一百下手心好了，因為按照妳的邏輯這樣我應該就會考一百分了啊。」李泓道試著想笑，可是結果卻不成功，他呸了一聲，搓著手，黯淡的說：「不過莊嚴倒是沒怎麼被打，他成績不錯，不是前三名，但是還不錯。他從國小就成績很好嗎？」

「我想不起來。」我說，然後問：「但卻抽菸喝酒？」

「但卻抽菸喝酒。班上大家都在傳，好像有人看過，在學校樓梯間還是他家附近保齡球館之類的，不曉得，反正我都是聽別人說。」

「所以同學會是你約他來的？」

「哪可能，我跟他又不熟。」我跟他不熟，李泓道又強調了一次，接著他繼續搓著手心，彷彿又想起那少一分打一下的疼痛時時刻刻無所不在。「你曉得我們班導師有多賤嗎？她用分數排座位，成績好的坐中間兩排由前往後，成績差的坐窗戶旁邊，我就坐在窗邊，最後一排。」

「而莊嚴坐中間兩排？」

「嗯，中間兩排的後面。」把視線轉向遠方，李泓道淡淡的說：「搞不好下學期我就要被調到後段班，一想到到時候要重新認識同學而且搞不好會被霸凌就心情很幹。大人的世界都這麼勢利眼嗎？成績不好的學生就要被趕走？」

「不是吧？」

「真的。我們學校從國二開始老師就把那些吊車尾的同學調去後段班了，我老覺得總有一天會輪到我，真的下一個就會是我，想到就做惡夢，實際上也真做惡夢。我真不知道這什麼道理？」

「我也不知道。」

我也不知道。

我只知道所有看過莊嚴國小時期的人，都不會相信那是同一個人；而所有看過莊嚴國中時期的人，也不會相信大學時期的莊嚴和以前是同一個人，而之所以我會知道這個，是因為大學時，我們又變成同學。

緣分，靶子，紅心，莊嚴。

新生報到那一天，我看著眼前綁著馬尾的高個子，驚訝：

「莊嚴？」

他回過頭，看著我，一臉茫然。

「李秉穎啊！你國小同學。」

「喔。」

「真的是你！你哪系？」

「室內設計。你咧？」

「資訊。」

「喔，未來的科技新貴。打算進竹科？台積電鴻海宏達電？」

「沒想那麼多。」四、五年後的事情，想那麼多幹嘛？「要不要一起吃午餐？還是你跟人有約了？」

「沒有，在這裡我一個人也不認識。我早餐沒吃，一大早就從台北騎機車過來，現在好餓。」

「從台北騎機車過來？那你不就從黑暗騎到黎明？」

「還真的是，這樣子看日出還滿浪漫的喔？」

浪漫個屁。

「你幹嘛不早講？我媽可以順便載你一程啊。」

「哪知道會跟你考上同一所大學？而且，說起來我們上次見面是什麼時候的事了？」

「國二那年的國小同學會。不過我們好像沒有講到話。」

「你記得真清楚，都幾年了？」

不曉得，懶得算。倒是：

「說起來，那次的國小同學會是誰通知你的？」

「老師啊。」

「我們班導師？」

「對啊。」

再一次驚訝。

我不知道你跟老師那麼熟，熟到她親自通知你國小同學會。我差點脫口而出，但是還好我沒有。我還不至於那麼白目。

我當時問他的是：

「你幹嘛留長頭髮綁馬尾？男同志？」

他看著我，語氣冷淡：

「自然捲，難整理，所以。」

「好。」

好尷尬。

然後是大三那年的開學，我記得很清楚，因為莊嚴帶著韓佩瑾一起出現在我們的聚會。大三那年的開學日期剛好是中秋節連假過後，於是我們一夥人約了在宿舍前院烤肉，目的主要是把各自家裡沒烤完的食材帶來烤掉打發一頓晚餐的概念；那是我認識韓佩瑾的起點，因為莊嚴。

我始終清楚記得看到韓佩瑾的第一眼印象，像個燈泡似的，亮。可能是因為她的眼睛，她眼睛很大，而眼底，有光。並且，她和莊嚴站在一起的畫面很匹配，像一對，一個高一個矮，一個冷一個熱。

「你女朋友？」

「只是同學而已。」莊嚴快快的說，莊嚴難得多話了起來：「我國小三年級就開始近視，不曉得你記不記得？總之我近視很深，都快一千度了，而且散光也很重，就算戴上眼鏡其實也看不太清楚，所以選座位時我都會很自然的選第一排。」

如果緣分這東西可以具體化成個靶子，不曉得莊嚴會不會對著它射擊？因為靶子的紅心，是韓佩瑾。

那是在通識課程上，他說：她的聲音在他身後響起，而她的原子筆則正在戳著莊嚴的背：喂馬尾男！人那麼大一隻還後面一點的位子坐好嗎？你擋得我都看不清楚了，你的背遮住我所有視線啦。

「很好笑，她問了和你同樣的問題：你幹嘛留長頭髮綁馬尾？是男同志嗎？」

哪壺不開提哪壺。

「然後我就說了同樣的回答，因為自然捲很難整理所以就乾脆綁成馬尾好了。結果你知道她說什麼嗎？」

「什麼？」

「那你國中時一定很悲慘，髮禁嘛你知道的，然後又是自然捲。」聳聳肩膀，莊嚴笑著說：「她還真是第一個直接這樣跟我講的人，真的是。」還真的是，莊嚴說，莊嚴笑著又說：「不過她說我綁馬尾很好看，還叫我再留長一點綁包包頭，會很有型。」

這個嘛，我很難想像。我比較想知道的是：

「所以你國中三年都沒交女朋友？」

「沒有啊。」

「那你真的從國中就開始抽菸喝酒？」

「我？我偶爾會跟老師喝點酒，但我不會抽菸。菸很貴。」

「喔。」他媽的李泓道亂造謠，趕緊，我換了個話題：「所以你就跟她換座位啦？」

「沒有，我只是開始上課做筆記而已。我以前上課從來不做筆記的，那種直接聽下來記住的東西幹嘛要筆記？不過韓佩瑾需要筆記，因為她上課都在忙別的事情沒有在聽課，好像都在畫什麼東西。」

「畫什麼東西？」

「不曉得。」

不曉得。

雖然莊嚴說他們單純只是同班同學而已，不過當時那群人還是直接當他們是一對，或許，連我自己也這樣以為也說不定吧？

中秋後烤肉，宿舍前院亂聊，聊著聊著，不曉得哪個白痴開始瞎起鬨說要騎機車上陽明山泡溫泉看日出。你敢不敢你不敢？你老人啊腰會痠啊那你會不會也腎虧了不舉啦？你乖寶寶啊隔天第一堂有課那你睡前是不是還要媽媽講床邊故事給你聽啊……是這麼瞎起鬨亂挑釁的嘴炮裡，所有人終於也不甘示弱的說那就走啊誰怕誰啊。就這樣，我們一群人四台機車七個白痴很衝的從桃園騎上陽明山。

結果那晚我們溫泉沒泡成倒是日出看成了，只是，不在陽明山上。

我的錯，我嘴上不說但心底承認。

那時候我們累趴趴終於騎到陽明山下稍作休息時，莊嚴提醒大家把機車的油加滿，可是我看油表還有一半超過啊所以就沒理他，結果誰曉得騎到半山腰時車就沒油了，沒辦法我只好跟附近能找到的某戶人家借抽油的管子抽莊嚴的油，就這麼我們邊抽油邊聊天，聊到我把莊嚴機車的油都抽光了才發現這鳥事，更悲慘的是我的機車是前置油箱沒辦法抽油還給莊嚴，於是他只好很無奈的抽別台車的油，更倒楣的是莊嚴的油是九五卻抽九二的油混一起，結果就是騎的時候整路上他的車都在放炮而且還噗噗噗的很沒力。

「你喔。」

我記得那時候韓佩瑾氣到笑出來的說了我這麼一句，不曉得為什麼，我當時覺得她說這兩個字的語調很動聽。

總而言之我的錯，我不說但承認。

我們因此沒有足夠的油再往山頂上騎，只好在山上冷得要死傻傻等加油站營業，我記得那天快天亮時還有烏鴉啊啊啊的叫，像是在嘲笑我們的愚蠢，或者應該說是：我的愚蠢。我懷疑我永遠也忘不掉那一天。

我後來確實一直沒忘掉那一天。

你喔。

在等候的漫漫長夜裡，韓佩瑾突然問大家：

「喂！你們記得九二一嗎？」

當然啊。異口同聲的、大家說，連本來都快睡著的人都瞬間清醒。

「那，你們那一晚在幹嘛？」

有人說她當時剛回家正洗完澡在客廳看電視，於是反射動作是就近打開大門往外逃，沒想到這個舉動救了當時已經睡著的全家人，因為那一年那一天那一晚，很多人來不及找到出口逃，門窗都被震到變形；有人說他那年八月剛好去法國玩，辛辛苦苦但得意洋洋的帶了整箱在當地酒莊買來的波爾多紅酒擺在電視櫃裡欣賞著看，還沒決定好是要聖誕夜還是跨年開瓶喝，結果就在那一天全部震碎了，灑了滿地的紅酒，遠看，還真有點像血；有人說他的親戚剛好住南投，地震帶上的震央，於是，家都垮了；有人說她家住東勢，那一年，連接台中唯一的橋斷了，他們只好徒步走過河岸只為確認家人是否安好；有人說他那晚在擁擠的急診室裡，陪著腿斷的父親，沒有床位只能躺在走道等，而最後，還是死於敗血症；有人說那陣子他都戴安全帽睡覺，有人說那陣子她睡前都要在床頭櫃放杯水，只是想確定究竟是餘震還是自己的幻覺。

而我則說：

「我跟我媽在街上漫無目的地亂走，直到天快亮才敢回家去睡覺，因為走了一整夜太累，累到覺得就這樣死掉也無所謂了，真他媽的累啊、走了一整夜。你咧？」

「我爸喝到醉死了，叫不醒。反正他又不只是那一天喝到醉死而是每一天都喝到醉死，所以我就自己躲在附近的公園，連小便都不敢進廁所就地解放，真是抱歉了對那棵樹施肥。」莊嚴說，然後問：「妳呢？」

韓佩瑾沒有回答，她只是看著莊嚴的臉好一會兒，然後轉開頭，然後沉默。不說。

不

說

「嘿！太陽快出來了。妳不是要拍照片嗎？」

把已經睡著的韓佩瑾搖醒，莊嚴說。
拿出相機，拍照。在韓佩瑾拍照的當下，莊嚴告訴我：
「她很會拍照喔。」
她很會拍照喔。
莊嚴說，語氣像是炫耀，而眼神，則是愛。
我懷疑我永遠也忘不掉他那眼神。
我後來確實一直沒忘掉她那眼神。
你喔。

瞬間

那是一種難堪的相對，
她一直羞低著頭，給他一個接近的機會，
他沒有勇氣接近，
她轉身，走了。

——花樣年華。王家衛

第一個瞬間

韓佩瑾

時間是周日，地點是東區茶店街，點一盤綜合滷味和五十塊錢就好大一杯的百香紅茶就這麼聊掉整個下午，這是我和洪聆榕自從復興商工畢業之後、每次我回台北時的見面方式，一個月兩次，沒例外。

「感覺很像那時候妳和學長，騎著機車載妳到處玩，而且同樣都是往山上跑，感覺真像回到過去，嗯？」

聽完我們的夜奔陽明山之後，洪聆榕說，而我則嘖了一聲：

「差很大好嗎？兩個人和七個人。」

「值得紀念。」突然的、洪聆榕說：「這是今年暑假之後，我第一次提到學長而妳沒有接著哭出來。」

我瞪著她。

「也就那一次好嗎？」

那一次我們復興幫一群人約了唱歌，在KTV的包廂裡，唱著唱著，我突然哭了出來，我忘記當時是哪個誰正在唱哪首歌，反正那也不重要，重要的是我就是突然想起他想起我們想起我們真的分手了，然後，就。

「所以，你們真的都沒聯絡了？」

「談不上聯絡，他每到一個他沒去過的城市就會寄一張旅行明信片給我，然後我會傳簡訊謝謝他，就這樣，很禮貌，很溫馨。」

「但不再是朋友？」

「連見面都沒時間怎麼當朋友？」

「也對，連見面都沒時間怎麼談戀愛。」

「謝謝喔。」

「好啦。」洪聆榕說，然後問：「明信片還是一個字也沒寫就畫妳？」

「改成畫風景了，或者他的劇本分鏡畫面。」我說，然後：「妳快點決定好不好？很渴耶。」

「好啦。還是百香紅茶微甜不去冰？」

「要很冰。」

「真羨慕。」

「反正我又不會生理痛。」

「我是說明信片，以後應該會增值吧？他是不是每一張都有簽名？」

「妳！」

洪聆榕快閃去櫃檯點單。

回來，她邊坐下邊說：

「搞不好他心底還有妳一個位子喔。」

我心裡也還有他一個位子，而且這位子可能會留一輩子，因為是初戀這種小事情，可是那又怎樣？能怎樣？

「上次我看電視，娛樂新聞之類的吧？我看到學長的訪問，注意到他左手臂內側多了個刺青，而刺青的圖案是條碼。打個賭？」

「不用麻煩了，我直接認輸。我不知道條碼是什麼意思。」

「我又不是在賭這個。」

洪聆蓉說。當她從電視上看到他左手臂的條碼刺青時，首先她腦子浮現的第一個念頭是：我看過他手臂還沒有刺青的模樣。

「妳首先想到的第一個念頭也是這個嗎？」

「不是。」

我想到的是我親吻過那還沒刺青的左手臂，而那手臂曾經抱過摟過教過我，可是那又怎樣？能怎樣？

「好吧，這次我請客。」

「真爽快。編劇費到手啦？」

洪聆榕翻了個華麗的白眼：

「這周改到第九稿，而且這還只是編劇統籌的意見，在她後面還有製作人和導演的意見，要等到他們同意才叫作過稿，然後才有少少的新人編劇費可以領——喔等等，可能還有演員的意見喔。」

「還有演員的經紀人，或許。」

「妳怎麼？喔，對，妳看過學長拍電影，全程。」

她給了我一個眼神，而我則是低頭喝著百香紅茶。味道變淡了，也不夠冰了。

「說起來還真是託了學長的福。」洪聆榕說：「那時候他會給我們看他寫的劇本，妳記得嗎？」

我怎麼可能忘。我聽著洪聆榕繼續說：

一堆字和符號，好無聊，原來劇本長這樣，這無聊樣，比教科書還無聊，可是看過他的劇本又看過他的電影之後，哇！真的，變魔術耶根本，而且還是神奇的魔術。

洪聆榕說，洪聆榕繼續說：

所以那次看到製作公司在招考編劇的訊息時，她很快的就投履歷表然後收到筆試通知，感謝〈流星花園〉引爆華語偶像劇的熱潮，熱到全亞洲都發燒，而洪聆榕應徵的是拍出〈愛情白皮書〉那家製作公司，光是想像就誘人；筆試過程是給每個人幾頁日本漫畫，然後要求他們在限定的時間裡改寫成劇本交卷，這簡單，洪聆榕早就看過劇本也看過劇本影視化之後的電影，於是她輕鬆的提前交卷，幾乎是吹著口哨走出那間公司，然後現在，她大概每星期進一次公司開編劇會議，每次都會看到當紅的偶像劇明星，或者當時還沒沒無聞但往後會大紅大紫的未來之星。

那是台灣偶像劇的黃金十年，而他們，有幸參與其中。

「想想學長真厲害，」此刻，洪聆榕說：「才幾天的時間就寫出電影劇本，而且還是原創劇本，就他自己一個人。不像我們，拿日本漫畫改寫，還一改再改。」

然後，真的，她確實接著這樣說：

「其實有時候我會想，早知道那天我不應該把他指給妳看，我指的是我們在福利社那天。」

「我知道。」

「嗯。」

嗯。

低頭看了眼手錶，抬頭，洪聆榕問我：

「妳今天搭幾點的火車？」

「喔，今天莊嚴會來載我，他這周末也回台北。」

「那個馬尾男？」

「那個馬尾男。」

「他是不是男同志？」

「第三十九個。」

「什麼？」

「妳是第三十九個問我這問題的人。」

「喔，那所以，他到底是不是？」

「他說他不是。」

「我覺得他是。」

我聳聳肩膀，把滷味拼盤裡的米血全部吃掉。洪聆榕不吃米血。

「說來，他就是上次送妳迷你洋娃娃的人？」

「那個叫作羊毛氈，順道一提，他不是特地做給我的，只是做太多了家裡沒地方放所以送我一對。」

「他絕對是男同志。」

「對啦對啦，綁馬尾又長相斯文又感覺陰柔又喜歡手作小東西紓壓，而且對女生又總是很溫柔，有時候我也懷疑他真的不是男同志嗎？還是只是他自己還不知道這件事情而已？」

「說來，你們是怎麼變成朋友的？」

「通識課，大二吧？我有點忘了。他坐我前面然後我問他什麼名字。」

「莊嚴這名字倒是挺特別的。」

莊嚴這名字倒是挺特別的。

當時我也說了這句話，當時我其實說了好多話。

這是你本名？你爸媽取的？故宮博物院你一定知道吧？當年戰亂時把那些文物寶物一路護送到台灣的人就叫作莊嚴，他是故宮的副院長，後來變成文化大學藝術研究所所長，並且，他有個很出名的畫家兒子叫作莊喆，我媽此生最大的心願就是能夠買下一幅莊喆的油畫收藏，可是她買不起，所以只好每隔一陣子就跑去台北美術館站在他的畫前面，想像那幅畫其實掛在她自己的房間。

妳怎麼知道這一些？

我媽是畫家，師大油畫組，不過主要的工作還是在高中當美術老師，人總是要活在現實裡，而現實裡當公務員就等同拿到終生的飯票，富不了也窮不死而且還不必怕失業，我媽從小就喜歡畫畫，但不想和梵谷那樣畫到割自己耳朵。

莫內沒有割耳朵，晚年還擁有自己的花園，現在變成歷史景點。

你喜歡印象派？

還可以，我比較喜歡的是他們被當時全世界嘲笑卻依舊堅持對抗的精神。喔。

所以妳和妳媽很親？

還可以啦，只是她老愛酸我沒有遺傳到她的繪畫細胞，每次聽到就討厭。

嗯，所以妳跟妳媽很親。

你呢？

莊嚴沒有回答我，他只是催油門，可能是因為當下交通號誌由紅轉綠。

回過神來，洪聆榕正在說：

「如果他不是男同志的話，那他就是在追妳。」

「妳這次可別又亂指。」

「模式很像。」

模式很像。

當我再一次想起洪聆榕這句話的時候，是李秉穎開車送我們回台北，我們，我和莊嚴。那是大四那一年。

大四那年李秉穎開了一台舊車子回學校，就是那種親戚買新換舊淘汰的舊車子、用三萬塊左右的價格買下的舊車子。

「騎車來回太危險了。」

李媽媽說，然後在過戶的第二天，就讓給兒子開。

大四那年開學雖然並沒有遇上中秋節，不過那群人還是照樣約了宿舍前院烤肉然後去打保齡球，並且，瞎起鬨要再一次夜奔陽明山；還是七個人但是變成兩台車，只是這一次莊嚴並沒有去，我始終搞不懂明明約我的人是莊嚴但為何他自己卻缺席？

那次夜奔陽明山的七個人裡有兩對情侶，一對是第二台車的駕駛和副駕駛座上的女生，李秉穎他班上的同學，班對，而另一對則是我們車後座的陳俊元和他學妹，還在熱戀期的小倆口整路上都在他們自己的小宇宙裡你儂我儂親親抱抱。

而我坐在他的副駕駛座。

我始終想不起來是誰安排的這座位？只記得那群人很自然的就要我坐在他身邊，而開車帶路的李秉穎在彎彎曲曲的山路上把車開得又快又急，不曉得是不是只有我擔心這麼快的車速開山路乘客們難道不會暈車嗎？可是結果誰曉得，暈車的人是司機。

上山沒多久李秉穎就打了方向燈停路邊，我們當時很納悶這荒郊野外也沒半間店、停車是幹嘛？然而下一秒，我們所有人看著李秉穎走下車，走到路邊去嘔吐。

「開車的會暈車？」

所有人都傻眼了。

然後是第二次，快到山頂時，李秉穎又打了方向燈停路邊，再一次嘔吐，而這一次，我們所有人全笑了，太荒謬了因為；這一次，我走向他，輕拍著他寬大的背，動作自然到自己也驚訝，彷彿，我早已經做過無數次，這舉動。

有時候我會想，當我拍著他背的那瞬間，兩台車上的所有人，包括我自己，大概都以為，我們，會變成那群人之間的第三對情侶吧？

模式很像。

那時候莊嚴除了晚班的打工還兼了大夜班，他越來越瘦但成績卻始終出眾，我始終搞不懂莊嚴是怎麼辦到這一切的？

那之後我和李秉穎開始變熟，晚上聊天，周末接送，很自然，自然到忘記那台舊車子裡頭曾經坐的是三個人，而副駕座，是莊嚴。

經常，李秉穎會開車載我去莊嚴晚上打工的咖啡店瞎耗一整晚，就坐在吧檯的前面，趁著莊嚴忙碌的空檔和他說上幾句話；經常，李秉穎會開車送我回台北，雖然我們的家並不順路，周五晚上他送我到家門口，周日黃昏，他開車到東區的茶街接我一起回學校，而通常，洪聆榕會站在車窗外朝我們揮揮手道別。

「模式很像。」

我一直以為洪聆榕會這麼說，可是她沒有，她只說：

「那種長相那種身材那種習氣的男生，我在公司裡看過很多，他們有的紅了有的沒有，而妳永遠搞不懂這其中的差別在哪裡？明明都是好看的男生哪。」

這個洪聆榕口中好看的男生，有一次開車經過那家麥當勞在十字路口等紅綠燈時，告訴我：

「大概是五歲左右吧，正確的年紀想不起來，總之那時候我很小，那時候我媽帶我來這裡，點一號餐給我吃，然後她人就消失不見了，那時候我好害怕，放聲大哭，哭到櫃檯姐姐牽著我的手陪我到處找我媽。」

「她去哪了？」

「偷溜去做臉，以為我在那裡玩溜滑梯會玩到忘記她不見。」沒好氣的，李秉穎說：「雖然就那麼一次而已，而且還是很久以前的五歲那年，可是每次每次，我經過這家麥當勞時都會想起這件事，想起那時候很害怕。」

我摸摸李秉穎的右手臂，安慰他。

那天我請他去吃肯德基，在肯德基裡，我告訴他關於我的麥當勞回憶，以及左手臂內的條碼刺青。

那年冬天，折磨了洪聆榕半年的偶像劇終於上映，收視率雖然不及同期的他檔偶像劇，但是主演的新人男女主角卻在往後紅了好幾年，播出第一集的那晚，我和洪聆榕在她的房間裡興奮地拍下電視螢幕上編劇的名字，洪聆榕的名字。

「磨了半年的劇本，錢還拿得那麼少，結果我的名字才播出一秒鐘的時間有沒有？」

「還好我有拍到妳名字出現的那一幕啦。」

「還好妳很會拍照。」

是他教的。

以前每次被這麼誇獎時，我都會在心底這麼告訴自己，可是這一次，不曉得為什麼我沒有。

因為李秉穎？

模式很像。

那年冬天，聖誕節前夕，我記得很清楚，因為李秉穎問了我一個問題，他問我該不該跟喜歡的女生告白？即使知道她有別的追求者，而那個追求者跟他說來勉強也算是朋友？

要告白了嗎？

「勉強算是朋友？多勉強？」

「就，朋友的朋友，認識但不熟。」

要告白了嗎？

「那他追到了嗎？」

「是還沒有，而且她好像比較喜歡我，不過也可能只是我自己覺得啦。」

要告白了嗎？

「那當然要告白確認啊。」

我理所當然的回答，以為，這是告白的前奏，鋪陳。

模式很像。

然而隔天，李秉穎和那個英文系女生公開宣布交往，知道這個消息之後，其實，我感覺很傷心。

「只是以為會被愛上，結果他卻愛上別的女生，這樣算不算失戀？」

我以為我會問洪聆榕這個問題，可是結果我沒有，沒問，也沒提，只是，在自己的房間裡，聽著林俊傑《第二天堂》這張專輯裡的〈距離〉這首歌，安靜的哭泣。

我走向前　你看不見　真的遙遠
就連嘆息　影子聽見　也似無言
你走向前　我看不見　你的思念
你和我之間　刻著一條界線　不曾有改變

作詞／林怡鳳　作曲／林俊傑

這是，你錯過我愛上你的第一個瞬間。

第一個刺青

李秉穎

畢業即失業這句話對莊嚴並不成立。

莊嚴在畢業的隔天就直接進老師的工作室上班，我始終搞不懂這傢伙總是安安靜靜一副與世隔絕樣，但搞什麼他和老師的關係都很好？小學同學會是我們國小老師親自通知他，連大學畢業了都還是他老師直接給工作。

大人們到底都在想什麼？都是怎麼看我們的？好怪。

「你怎麼都跟老師的關係那麼好？教一下。」

「可能只是老師覺得我很耐操吧，他的工作室剛好需要一些新鮮的肝，所以挑上我，這樣而已。」

「這倒是，聽說你們那一行很爆肝？」

聽誰說？韓佩瑾？

我以為莊嚴會這樣問，因為他臉上那個表情很像是正在這樣問，可是他沒有，沒有問，也沒開口。

也是。

「那你收到兵單怎麼辦？」

「我還沒收到兵單。」

「我是說——」

「我知道你意思。」打斷我，莊嚴說：「我早就想好了。」

為了解決經濟和兵役的雙重問題，莊嚴早在收到兵單前的空窗期就開始刻意減重，說來倒是慶幸，大學生活本來就沒什麼錢維持三餐溫飽而且他們系裡彷彿有永遠也做不完的作業，於是天生就是瘦子的莊嚴在大四那年變得更瘦，一七八的身高始終維持在五十公斤上下，說來貧窮倒也是有好處的。莊嚴自嘲。

「我們差不多高吧？」

「一樣高。」

「你多重？」

「七十左右。」

「所以你看，我們一樣身高卻幾乎差了二十公斤，大概是一個五歲小男生的體重，那我幹嘛要浪費時間當兵？乾脆直接工作就好了。」

「你不打算先準備好再開始工作嗎？」

「什麼叫作準備好？」

「……」

「我還有學貸得還，實在沒本錢浪費時間當兵，得趁肝還新鮮之前累積經驗打好基礎。」

顯然莊嚴已經足夠以體重過輕為理由解決兵役問題，但是為了保險起見，在接到兵單之前的那段空窗期，他還是自虐式的以白開水搭配白吐司吃了好幾個星期。

「喔，還有瀉藥。只是保險起見。」

我覺得他保險起見過頭了。

相較於莊嚴的體重和意志力，胖宅陳俊元選擇逃避兵役的方式不是乾脆增肥而是考上研究所、等到時候再說。

「到時候再說。聽說以後役期會縮短，我就賭看看。」

陳俊元說，陳俊元還說小學妹威脅他如果再胖下去就要跟他分手。

於是那一年我們這群人去當兵的只有我和施秉言。

畢業之後上成功嶺前的那個夏天，我們這群人最後一次的聚餐是去吃到飽的牛排館接著去打保齡球，不曉得為什麼，我們沒有人提議要再一次夜訪陽明山；我們，三對情侶，施秉言和陳鈺婷這萬年班對，陳俊元和小學妹，以及我和伊玖。沒有莊嚴，沒有韓佩瑾，也沒有人問為什麼。

相較於莊嚴的順利就業，鈺婷則是四處面試碰壁了一整個季節，她始終沒找到理想的職缺待遇或公司，就這麼在原先打工的連鎖書局轉為正職店員，那時候我有點納悶如果只是這方面的工作、那何必要花四年時間念大學？而且還是私立大學。我心想她可能只是想先找個工作穩定下來然後等秉言退伍再打算吧？

那時候秉言已經決定將來要準備考公職，而目標是法警。

「為什麼是法警？」

「因為我爸是法警。」

「就這樣？」

「嗯。」

「喔。」

「你知道陳俊元和小學妹分手了嗎？說台北桃園太遠了，她不喜歡遠距離戀愛，搞笑，好像真的忘記他們第一次約會就是和我們一起夜奔陽明山。」

「還真的是。」

「找個時間約一約，陪陳胖喝失戀酒吧。」

「好。」

「不過還好有佩瑾先頂著，不然陳胖還要等到我們放假，失戀這種事可是度日如年的。」

你失戀過喔不然怎知？我以為我會問的是這個，接腔順口問這個，可是結果我問的是：

「韓佩瑾？她跟陳俊元熟嗎？」

「熟啊。陳胖沒跟你講？他研究所和佩瑾的公司在同一區啊，有時候他會等佩瑾下班一起吃晚餐，辛苦了佩瑾，大概聽了不少陳胖的失戀垃圾話吧。」

「他們兩個什麼時候變這麼熟了？」

「大概是莊嚴工作以後吧，聽佩瑾說莊嚴工作忙到幾乎都沒放假，競圖啊什麼的，有時候加班忙起來還會直接睡公司。」

「光聽就累，不過反正莊嚴也習慣了。」

「嗯，反正，總之是因為他們又剛好都在同一區，很近。」

透過秉言的二手資訊，於是我知道韓佩瑾現在在一家不能說是很正派的減肥美容公司當美編，為什麼室內設計系畢業卻只當個美編呢？那不是高職畢業就可以的工作嗎？秉言同意，然後解釋：因為那是當時唯一願意錄取她的公司，再說，因為那行的利潤很高所以薪水還算不錯，重點：他們總是可以準時下班。確實，她同公司的前輩就是復興商工畢業的學歷，而兩個人做的是同樣的工作，但前輩的薪水卻硬是多了她兩萬塊台幣。

「因為是男生所以要養老婆小孩跟爸媽還有一個沒嫁出去的小姑？」

「而且家裡還有三隻撿來的流浪狗，兩隻大型犬一隻中型犬。」秉言搭腔亂開玩笑，然後才說：「不是，因為她那個同事前輩早她幾年進公司，那時候公司才成立，所以職稱掛副理。早知道就不念大學了，陳胖說佩瑾說的。」

秉言轉述，然後又把話題帶回：

「跟你賭，陳胖到時候就算跟我們喝醉了也不會掉眼淚，可是在韓佩瑾面前，他會。」

「為什麼？」

「不曉得，只是我的感覺，總覺得在佩瑾面前可以放心的哭沒有關係，她給我這種感覺。」說完，秉言看著我，那眼神，就像那天的莊嚴一樣，只是莊嚴當時沒問，而此時，秉言問了：「說來，你們那時候不是在交往嗎？去陽明山的時候她還坐你副駕駛座不是嗎？我是指第二次——」

「我知道。」我說：「沒有，我們不是在交往。」

「嗯。」

我給終很想知道如果秉言真的失戀了、是否真的會如他所言在韓佩瑾面前掉眼淚？可惜我始終沒有機會知道這答案，因為這萬年班對始終沒有分手過，鈺婷很感人的沒有兵變一直守著等著秉言直到退伍還痴心絕對的跟著秉言回他台南老家，同時向公司改調南部分店好方便陪伴秉言全心準備公職考試；因為收入的關係，兩個人的約會模式彷彿是大學時代的延續：騎著秉言十八歲那年買的舊機車去看二輪電影，喝泡沫紅茶，或者去漫畫王待一整個下午，每個月吃一次吃到飽牛排館慰勞自己，通常都是選在鈺婷發薪水的那天。

真愛無敵。

無敵個屁。

如果真愛可以具體化成靶子，那麼我拿起槍朝著它射擊，而紅心，我想寫上自己的名字。

因為反而，被兵變的人是我。

度日如年，人間地獄，這失戀。秉言還真說對了。

我們三個男人再一次相聚酒吧喝失戀酒，而這次的苦主是我。

為什麼是我？

我始終沒有告訴他們伊玖提分手的原因而他們也沒問，可能是不好意思問也可能單純只是覺得反正這問題的答案不就那幾個？反正愛情不就那回事；在那幾個男人的失戀喝酒夜裡，我通常只是沉默著坐在他們對面聽著他們嘴炮，把他們的垃圾話伴著玻璃杯裡的威士忌喝進胃袋裡，想像著我喝的不是酒而是失戀的解藥，彷彿多喝一杯，心底深處的疼痛就能因此減少一些；可惜失戀這東西並沒有解藥，就算真的有也不會是酒，因為喝到最後我的心情並沒有因此變得比較好反而還更糟，糟到我覺得這個世界上彷彿只剩下我自己還清醒，而他們的快樂，都是裝出來的。

為什麼是我？

我沒有在他們面前喝醉也沒有哭，不知道他們有沒有拿這件事情打賭？我賭有。可是我連這個都不想跟他們講：喂喂你們兩個，結果誰賭贏啦？

於是我才知道：原來人在失戀的時候，會難過到連一句話也不想開口說，只是變得無法忍受獨處而已。偶爾，還會問自己：活著，真的有比較好嗎？

又不說話又要人陪，這哥兒們的失戀陪喝夜，三個男人，一個失戀過，一個失戀中，一個被愛相隨。

為什麼是我？

直到我和秉言退伍之後才開始改變。

那次聚會的主角是秉言和鈺婷，主題是歡送他們回台南，那次的聚會氣氛好多了，可能因為多了莊嚴和韓佩瑾，想想，這六人名單和第一次我們夜奔陽明山時一樣，不對，那次是七個人，那所以是少了哪個誰？算了，我懶得去思考。

我沒辦法想。我還是不說話就只是聽，我聽著鈺婷說她已經在台南找住處，好像是陳胖問她幹嘛不直接住秉言家就好反正都是準妻子了嘛。然後這群人好歡樂的垃圾話互丟，氣氛好好；我低頭，喝乾整杯威士忌。

我聽著莊嚴說他這陣子都睡公司，可是加班費好像卻從來都沒有領過。

「還好妳沒加入我們這變態的職場生態。」

「有時候沒得到你想要的，是棒透了的好運。達賴喇嘛說的。」

我聽著韓佩瑾說她因為上班太閒所以開始兼職接案，書的封面設計什麼的，她學長介紹的工作，一開始只是幫他修修圖調調色改改字距之類，後來，她學長開始把忙不完的比較不重要的案子分給她獨力完成。

「哪個學長？那個大導演？」

我很想問，這是這夜我第一次感覺想要開口說話的瞬間，只是我張開了嘴巴卻說不出話來，可能是喝到舌頭打結可能是太久沒說過一句完整的話所以忘記怎麼說話。我低頭繼續喝，一杯到底。

「結果算一算，妳的年收入還比莊嚴高？」

「而且還不用加班睡公司。」

「好了啦你們。」韓佩瑾笑咪咪的說，然後，突然：「嘿，你這樣一直喝不好吧？你的義大利麵怎麼都沒吃？」

「我沒胃口。」

我說，然後，趕快起身，衝出店外，嘔吐。

我聽到身後他們的躁動，我感覺背後有隻小小的手輕拍著我，那是韓佩瑾的手，不知道為什麼，不用轉頭確認我就知道是。

「還好他不是女生，不然還要幫她撩長髮。」

「莊嚴也留長髮啊。」

「謝啦，我都綁著。」莊嚴說：「醉成這樣，我送他回家好了。他怎麼來的？」

「開車。」

「開車還喝酒？」

「呃……」

「算了，他車鑰匙咧？」

「牛仔褲口袋。」

「那個，呃，前面口袋還後面口袋？」

「幹，前面口袋！莊嚴你拿，反正大家本來就覺得你是男同志。」

「陳俊元你手伸進去拿，反正你都摸了他屁股。」

「不要，我不要碰到他雞雞。」

「施秉言你不拿我就逼鈺婷去拿。」

「喂朋友不是這樣當的喔。」

「你們喔。」

韓佩瑾說，然後伸手掏。在車上，她又掏了一次，為的是幫我接聽我媽打來的查勤電話。

那次的嘔吐彷彿是場儀式，讓我們的關係重新回到以前，我們。

還是我那台破車子，還是韓佩瑾坐副駕駛座，後座偶爾有莊嚴的時候陳胖會好好坐著，但因為莊嚴通常都缺席，所以陳胖幾乎都是悠哉哉的雙手抱著後腦勺蹺著二郎腿躺在他後座的小宇宙裡安靜想事情。

不知道是否因為這樣，我老是有種錯覺，覺得當時的車上，好像只有我和韓佩瑾，有時候陳胖突然插嘴，我還會被嚇到。

那次我忘了陳胖就在。

「我不知道怎麼跟新同事講話，總覺得他們是陌生人，上班覺得好悶。妳是怎麼跟同事變成朋友的？都聊什麼？」

「你當兵的時候是怎麼跟別人講話變成朋友的？」

「我忘了。」

「是怎樣？你是失戀兼失憶啊？」

陳胖突然插嘴。韓佩瑾回頭看了他一眼，繼續說：

「不然你就把女生當成我男生當成陳俊元，這樣子看看能不能有用好了。」

「反正他這份工作不知道能不能撐過三個月，多講的啦。這是你退伍後第幾份工作啦？」

「第三份啦怎樣？反正都是些鳥工作。等你研畢後就知道。」

「媽的一直被延畢。」

那次陳胖不在。

那次我送韓佩瑾回家，前方巷口突然衝出一隻狗，我踩了剎車，然後，反射動作地伸出右手擋著，因此，碰到她的胸部。

她臉紅了。

「呃小時候我媽踩剎車都這樣所以可能——」

「好。」

那次陳胖在。

「你三十歲之前有什麼願望？」

「研究所畢業，而且不用當兵，還有，不要像李呆一年換三個工作生活過得比學生時代還要窮。」

「我想賺到一百萬。」

我說。

當下，韓佩瑾眼底有個什麼閃過，我懷疑她是不是已經賺到一百萬了？那時候韓佩瑾已經開始在經營無名小站寫旅行網誌，聽說，開始有贊助找她接洽。我很想問，可是來不及，我媽的來電響起。

「要不要幫你接啊？我實在很討厭你邊開車邊講手機耶，好危險。」

我看了韓佩瑾一眼，然後接手機：

「好啦我要回家了啦。」

那次陳胖和莊嚴都在。

本來我們只是約一起吃個晚餐，可是不曉得搞什麼，後來就這樣車子一路往南開，開到台南時打電話叫秉言和鈺婷出來一起等早餐店開門。

「他有女朋友了。」

指著莊嚴，陳胖說。

「事務所的同事，她大我兩歲。」

「下次約出來一起吃飯介紹給大家認識啊。」

「好啊。」

莊嚴說，但他始終沒有這麼做。

那次陳胖和莊嚴都不在。

那晚，我送韓佩瑾回家，在她家的樓下，我目送著她上樓，我看見她房間的燈亮起，我以為我會一如往昔的踩下油門開車回家，可是結果，我打了電話，告訴她：

「我還在妳家樓下。」

隔天，我走進刺青店，在左小腿外側接近腳踝的地方，留下我的第一個刺青。只是以為會愛上，結果她卻愛上別的男生，這樣算不算失戀？

第二個瞬間

韓佩瑾

時間是平日下午，地點是金色三麥，Happy Hour的啤酒半價時段，各自點一盤白醬義大利麵和500cc的蜂蜜啤酒就這麼聊掉一整個下午，這是大學畢業之後我和洪聆榕的見面方式，每周一次，幾乎沒例外。

「還是平日出門清爽。」

我開心的說，而洪聆榕不解的問：

「妳老闆都給妳加薪了，為什麼還是要離職？」

「他又不是只幫我一個人加薪。」

而且我和前輩依舊同工不同酬，真是不公平，明明我領到的績效獎金最多欸。那天辦離職手續的時候，人事主任也問我同樣的問題，簡直難以相信我居然就直接說了相同的回答，只是不曉得她驚訝的是我的直接又或者我怎麼和兩年前面試時判若兩人？

「兩年。」我說：「每天起床我都不想去上班，本來以為只是不習慣，後來才知道是不喜歡。」

「勸妳別踏上自由業這條不歸路，就不知道我們有多羨慕每個月不管怎樣、銀行帳戶都會有薪水入帳這件事情；永遠都不知道這次又要多久才會定稿？下筆收入什麼時候出現的生活真的非常煎熬。」

「人因夢想而偉大嘛。」

「說到偉大，我們學長好像有一陣子沒拍電影了。」

「喔。」

「好像就偶爾拍拍廣告啊MV啊什麼的。」

「喔。」

「其實也不錯啦，再怎麼說也都還是導演，而且他拍的作品畫面還是都很乾淨漂亮。」

「喔。」

「好。」

好。

事實就是這樣，很多妳以為的永恆，後來妳會知道，其實都只是瞬間。

義大利麵上桌，我們同時拿起叉子，吃。

「所以咧，妳到底有沒有要跟我去日本玩？」

「那個贊助的行程到底是一個人還是兩人份？妳問清楚了沒有啊？」

「沒差啦，反正妳時間先確定下來，這個不用妳出錢啦，就當小助理兼觀光的概念。」

「不錯喔，上過奇摩首頁的文章果真不同凡響。」

還真的是託了奇摩首頁的福，那篇旅遊文章的瀏覽人次瞬間飆高。

「聽說國外已經有專職部落客了，妳會不會也變成那種人啊？好時髦的感覺。」

「想太多，我現在還是得靠我學長養咧。」我說，連笑意浮現嘴角被看見了都還不自知：「不過他說如果存到一百萬的話就要犒賞自己一年長假去歐洲玩，在三十歲之前。」

看著我，洪聆榕問：

「妳現在每天去他的工作室做封面嗎？」

「嗯。」

「說到這個——」

「妳又想說到哪個。」

還是筆直地看著我：

「李秉穎，我覺得他對妳是真愛。」

就知道。

「他只是失戀又失憶，因為過度寂寞所以就近取材。以上。」

「還就近取材咧。」

本來就是。

我不會再犯同樣的傻了，那名為自作多情的丟臉，明明受傷了卻只因為大家都是好朋友所以要勉強裝大方還要給祝福的委屈，不會再有第二次了。男女之間真的有純友誼嗎？絕大多數的情形之下是的，可是偶爾，很偶爾的時候，妳只能狠下心來提醒自己：有。

回過神來，洪聆榕還在說：

「可是那一次真的很感人，他被狗咬的那一次，都被狗咬了還是先去接妳。」

「我真的沒遇過像他那麼衰的人，什麼衰事都被給他遇上。」

那次我們約了下班後晚餐，而李秉穎遲到了十分鐘左右，他那陣子在幫忙哪個親戚大姐做什麼手工香皂之類的行銷工作，我記得不是很清楚，因為他退伍之後大概已經換過八個工作；總之那次我一上車就看見他臉色不太對而且額頭還在冒汗，問了之後才知道，原來他下班走出公司的時候被門口的狗咬了。

「還好是咬左小腿，不然都不知道怎麼踩油門了。」

「你怎麼不先去醫院檢查傷口啊？打個破傷風狂犬病什麼的啊。」

「就沒事啊。」

「你喔。」

所以那天我們的晚餐是在醫院吃外帶的麥當勞，真受不了。

「我覺得妳對他也是真愛。」

我看著洪聆榕。

「因為即使是這樣，妳還是願意讓他載。」

「而且他車的左大燈壞了沒錢修還自得其樂說晚上開車別人都以為他要右轉。一分鐘。」

「什麼一分鐘？」

「從現在開始的一分鐘裡，妳說的每一句話我都不會往心底去。妳今天一直繞來繞去的其實是跟我指什麼是嗎？」

「開始計時了嗎？」

「嗯。」

「妳學長有女朋友了。」

「我知道啊，這不就是我告訴妳的嗎？」

「妳學長有女朋友了。」

「我知道。」

「妳學長有女朋友了。」

「我們又沒怎樣。」

「妳學長有女朋友了。」

「我喝完了，妳要續杯嗎？我要續杯。」

「妳學長有女朋友了。」

低頭，我把杯子裡剩下的啤酒一口氣喝乾。

「一分鐘到了嗎？」

「不知道。」

「好。」

轉頭，洪聆榕喊來服務生，續杯。

隔年，洪聆榕沒有離開那個她口中煎熬的編劇人生，反而換了公司跟著那個行事風格更兇悍的製作人。

「我想寫原創劇本。」

她說。

那幾年他們寫出的劇本掀起另一波華語偶像劇高潮，那幾年更多更多台灣演員西進中國市場，只有過氣明星才會去中國尋求發展的這個說法開始被推翻，天時地利人和了。那年連林俊傑也參與偶像劇的演出。

同一年，莊嚴也要去中國。上海。

起先是他們老師接到中國政府的標案，後來這變成是他的跳板，他跳槽到上海的外資公司，管理職，而薪水是台灣的三、四倍；於是他很爽快的就答應；台灣的市場終究是太小了。莊嚴說。就這樣，在沒有任何管理經歷的情況之下，他們帶領著五個其實只小自己幾歲的中國年輕人一起工作，開始過起有周休二日的職場生活。

他們，是的，莊嚴和他的女朋友。當時莊嚴唯一的條件就是他女朋友必須一起同行。

歡送會，全員到齊，而這次主角從秉言他們換成莊嚴他們，只是莊嚴這次還是沒帶他女朋友來。

「時間不夠，她還要忙著整理行李，還有狗。」他們一起養了隻哈士奇，很為難要帶去中國還是暫時託給家人照顧。「檢疫啊海關啊什麼的，很麻煩，目前是決定先把牠留在台灣，不過我女朋友很捨不得。」

莊嚴說，然後開始懷念大學那時候搬進宿舍只需要一台機車載行李的簡單生活。

「放閃喔。」

莊嚴笑笑，反問陳俊元：

「今天怎麼可以過來？調假？」

「排假啦，怎麼說我也是班長嘛，就可以排自己的假啊，哎，這個你沒當過兵的人不懂啦。」

陳俊元用嘴型說了聲幹，接著開始懊惱早知道那一年也學莊嚴狠下心增肥那幾公斤。

「你知道宏達電現在一張多少錢了嗎？真希望趕快退伍進去當工程師領配股。」

「你在我面前講這個喔？」

秉言灰著臉，而鈺婷是無奈的笑笑。

「我今年再考不上法警就要去南科應徵作業員了，看看能不能進台塑，福利聽說比較好；我二伯在台塑當了一輩子作業員最後升到領班，退休後領了幾百萬，不過那是勞保舊制，輪到我們時，連退休金還有沒有都不知道。」

「退休金？想那麼遠。我連底薪都沒有。」

李秉穎接腔，但眼神卻是看著莊嚴：

「未來的科技新貴，不知道這屆的學弟妹們在新生報到時還會不會被這樣問。」

「李呆，你這個月的工作是什麼？」

「閉嘴啦陳胖，問了也是白問，反正又做不久。你自己講的啊。」

「他在賣基金。」

我說。可是是那種沒底薪的業務工作。真是受不了，都已經那麼窮了為什麼還要找沒有底薪的工作呢？真搞不懂。

「你乾脆去賣房子好了啦。」我接著說：「信義房屋啊、保障底薪四萬塊那廣告有沒有？」

「那個保障底薪只有前幾個月，而且工作時間很長。」

「只有前幾個月也強過你現在連保障底薪都沒有吧？」

「然後變成一個畫房子一個賣房子？」

李秉穎看著我，問。我轉開頭，喝啤酒。

「李呆，陪我去外面抽根菸啦，媽的進去當個兵而已都不知道就改成全台灣都室內禁菸，真的管很大耶。」

「去年就改了啦，二〇〇七年一月一號零點起。」李秉穎說：「我又不會抽菸，你找莊嚴陪你去。」

莊嚴沒陪陳俊元去，莊嚴看著李秉穎手中的酒杯：

「你怎麼還喝酒啊？今天不是開車來的嗎？」

「我知道我酒量到哪裡才會醉還有哪一條路沒臨檢，謝謝。」

「不只是罰單的問題而已好嗎？」

「你怎麼跟我媽一樣煩啊？難得出來輕鬆一下還。」

「李呆，陪我去外面抽根菸。」

陳俊元又催了一次，而這次，李秉穎起身。

當他們回座位之後，氣氛像是被重新換過那樣，他們開始聊起有次我們一時興起開車去台南找秉言他們吃早餐的回憶。

「乾脆今天開車送你們回台南，吃完早餐再回來。陳胖你收假來得及嗎？」

「是可以啦，但早餐要吃牛肉湯，聽說台南有家牛肉湯半夜就開始營業？」

秉言回答這個問題。而我說：

「這次我就不跟了，還要回家趕稿。」

「我也是，還得跟房東結算租約押金。佩瑾我送妳回家吧。」

莊嚴看著我，而我看著李秉穎，他沒說什麼，只是低頭把盤子裡的東西吃光。

「那就這樣吧。反正六個人也擠不下那台車，而且陳俊元又那麼胖。」最後，是秉言總結這沉默，說：「回到台南我請你們吃牛肉湯。」

「他還是國小那德性。」

那晚，在機車的後座，我聽著莊嚴說。

國小的李秉穎體育很好，因此運動會時被老師安排在接力賽跑最後一棒，比賽時他們班雖然落後不少，可是全班都還是滿懷希望，希望比賽輪到李秉穎時會急起直追變成精采的逆轉勝，可是實際上當接力棒交到李秉穎手上時，他的反應卻是故意放慢速度跑。

「現在想想，說不定他不是壓力太大提早放棄，而只是太害怕失敗而已。」

莊嚴說：「其實失敗也沒什麼，因為人生真的就像是一場接力賽，只是沒有人會幫你跑而已，但意思是一樣的，先贏了也沒什麼。」

「先輸了也沒什麼。」

「是啊。聽說妳學長準備要去北京了。」

我愣住，是因為這話題太快太突然，也是因為妳學長這三個字。

「那個導演啊。」

「喔。」

「朋友的朋友的朋友這類的，我忘記是聽誰說的。」

「總之不是我。」

「總之不是妳。」莊嚴笑了起來：「台灣真的很小倒是流言從來沒少過。妳沒聽他說？」

「沒有，我們很久沒聯絡了。」

「這樣啊。」

沉默了一會之後，莊嚴才又說：「還不知道北京上海距離多遠？會不會剛好在哪個台灣人常去的小酒館遇到他？不過圈子應該很小吧？人在異鄉啊畢竟，反正，如果真的遇到他，我會很想跟他說說接力賽，你還沒有輸，比賽還沒有結束，之類的。」

「你喜歡他？」

「羨慕吧。我不認識他，最接近的一次還是妳指他給我看的那次，不過誰會不喜歡那種年少得志的人生，很狂。」很狂，莊嚴又重複了一次：「換算一下，我在網咖上大夜班的同時，他可能正坐在導演椅上對明星們喊卡哩。」

「呵。」

呵。

就是在莊嚴西進上海的隔一年，那個只有洪聆榕知道的妳學長如願在他三十歲之前存到人生中第一個一百萬，如願放自己一整年長假，去歐洲流浪。那年他二十九歲。

大家都覺得他瘋了，在事業正好運勢之旺時放掉手中的一切，走遠，可是他說他真的是空了，他從大學就開始接案做稿，算一算也好多年了，沒日沒夜沒斷過；如果不是在工作室親眼看過他累到趴著睡也看過每當電話一響起他首先的反應是全身僵硬的話，我大概也會覺得他很蠢，犯傻，逃避。辛辛苦苦沒日沒夜才走到的高度、得到的成就就這麼突然放掉還消失一整年，再回來難道不怕被遺忘被取代？

「所以妳要加油啊。」

在機場，學長說。

「我已經開始胃痛了。」

我說。

是真的，每一次手機響起時，不管是不是催稿又或者只是廣告推銷的電話，我首先的反應都是先胃痛，緊繃，高壓。

「妳沒問題的。」

學長說，然後親吻，然後擁抱，然後再見。一年後見。

就是在那一整年的流浪裡，學長和他女朋友分手了，我不曉得是誰提的分手，我沒問，也沒告訴洪聆榕，那陣子她剛好在忙著準備婚禮，不好說；一年之後，學長回國，同樣的機場，只是出境變成入境，從那之後，我們才算是正式交往。

而那年，林俊傑唱著〈她說〉這首歌。

他靜悄悄地來過　他慢慢帶走沉默
只是最後的承諾　還是沒有帶走了寂寞
我們愛的沒有錯　只是美麗的獨秀太折磨
她說無所謂　只要能在夜裡翻來覆去的時候有寄託

作詞／孫燕姿　作曲／林俊傑

這是，你錯過我愛上你的，第二個瞬間。

第二個刺青

李秉穎

一個畫房子一個賣房子。

我始終記得這句話從我嘴巴裡脫口而出的心情，雖然就說過那麼一次這句話，但是不知道怎麼搞的，這句話黏在我的心底很久很久；在人力銀行的徵才訊息上我想起這句話，送出一封又一封履歷表時我想起這句話，接到那家聽都沒聽過名字的公司面試通知時我想起這句話，直到確定上班的前一天我都還在想這句話。

「一個畫房子一個賣房子？」

開口，我躺在只剩一抹光的房間裡問自己，瞪著天花板，我聽見自己說：

「管他的，賣房子錢賺的比畫房子多。」

百萬年薪不是夢。

徵才訊息上這樣寫著，面試那天他們這樣說著，但實際上剛開始上班的那兩三年，我的平均時薪可能比麥當勞的計時工讀還要低；一開始真的很辛苦，薪水雖然三萬塊上下，但上班時間是早上九點到晚上九點而且月休就四天，並且，禁止休周末和假日，那是當然，我可以理解，因為一般人通常是休假才有時間來看房子，我指的是一般上班族。於是首先我發現到的改變是：上班族的朋友們開始從我的交友圈消失，因為我們能見面的時間兜不上。

百萬年薪不是夢。

說好的上班時間是朝九晚九，但實際上晚上九點下班很罕見，假設顧客在他們下班後或者聚餐完的晚上八點五十走進接待中心，難道我們可以告訴對方抱歉喔改天請趁早嗎？其實這還算好的，畢竟或許還有櫃檯獎金可以拿的機會，衰的是遇到應酬的夜晚我還得開車送酒醉的老闆回家，而自己到家都已經是凌晨兩三點，但隔天還是一樣要九點準時上班，有時候上班時我自己都還在宿醉中。

休假嗎？很有意思的，不曉得是真的運氣不好還怎樣，明明面試時說好是月休四天的，但從我開始上班到真正第一次休假已經是三個月之後的事情了，那次休假我開車載我媽上陽明山去吃野菜，慶祝兒子工作好像終於開始穩定下來。

慶祝個屁。

之後的休假大概是一個月一次，平均時薪可能真的比麥當勞打工還要少，不曉得，我始終沒有勇氣去精算這東西，精算這些會讓自己嘔到吐血的過去是幹嘛？

可能是真的運氣不好吧？我的老闆很愛罵人，因為是新人所以還不懂的這件事情在他戴著金框眼鏡的泡泡眼裡並不存在，不管做錯做對都要被他罵，能說的他都用罵的，該誇的他會覺得那本來就是應該的，大人好奇怪，我以後絕對不要變成那樣的大人。

就這樣我過著幾乎每天都在挨罵的生活，被老闆罵被上司罵被客戶——算了客戶還好一點，有些幫他們端咖啡或者提水果籃上車子的時候他們還會跟我說聲謝謝。

如果人生可以具體成為靶子——算了啦，我累到連舉手的力氣都沒有了。

累。

好累的夢，百萬年薪這場夢。

剛起步的時候真的只是夢一場，經常我們會需要跑外面找定點什麼的，而這些都要花自己的錢，其實這些都算了，比較幹的是好幾次我遇到不合理的壓榨，例如說原本要給我的獎金後來變成少給或者乾脆就不給，所以薪水其實幾乎都剛好就打平而已，偶爾，還不太夠用；於是我媽從原本的慶幸兒子工作終於穩定下來變成開始碎碎唸，她搞不懂我做得又累又窮忙是幹嘛？為何不去科技大廠當作業員就好？其實我也搞不懂，我想，可能，真的只是因為不甘心而已。

我不甘心我的人生就這樣，日復一日年復一年領死薪水外加三節禮金和年終，不用等到退休只消按按計算機就曉得老到六十歲那年總共可以賺到多少錢；我不甘心我都付出那麼多了還彎腰彎成根豆芽菜結果卻是徒勞的放棄。

就在我不甘心不放棄的窮忙第二年，秉言倒是終於放棄考公職而進入南科當作業員，加班還有加班費可以拿的那一種，為了隔年七月的婚禮花費，那陣子秉言還真是加了不少班。

婚禮。

本來秉言是想找我當伴郎幫他擋酒的，可是一聽到我那瞎耗窮忙的上班時間之後他就放棄了這個念頭而找陳胖。

「也好啦，不然伴郎比新郎帥也不像話。」

我嘴上開玩笑的說，但心底卻酸酸的悶。

雖然沒能如約當秉言的伴郎也沒能提早一天到場幫忙拍攝迎娶儀式全程參與，但我還是利用時間幫他們做了婚宴時播放的紀錄影片，記錄他們各自的成長過程，也記錄他們相識相愛的過程，畢竟，起碼這是我唯一能幫上忙的地方；挑著秉言提供的照片時，我忍不住發現，我們，佔了他們好多張照片。

我們。

那是我第一次敢跟老闆吵架，因為秉言的婚禮是周末，而周末我們禁休；可是那是我最好的朋友，新郎新娘還有同一個桌子上的那些人。我堅持要休假。而結果老闆還是不退讓，還開起很難笑的玩笑說等他們第二次結婚再去也不遲，我氣炸了，可卻無能為力，小蝦米對抗大鯨魚；最後，是公司的大姐們幫忙讓我早上九點打卡上班，下午三點提早溜走去參加最好朋友的婚禮。辛酸吧？

我具體感覺到心酸的那一刻是獨自開車南下時，同樣的路程但這次車上卻只有我自己一個人，陳胖提早一天在下班後就直接搭高鐵南下去秉言家幫忙準備婚禮的前置作業，而莊嚴沒來，因為碰巧那個月他沒休假回台灣，但是他託我包了個大紅包致意，至於韓佩瑾則是去了但提早走，她說還有事，我忘記她說還有什麼事，也忘記她座位是不是排在我旁邊。

最後送客時我們五個人也沒有合照，因為莊嚴沒來，因為韓佩瑾先走，因為伴郎忙著招呼客人，因為新郎早已經被灌醉。

回程，陳胖搭我的便車回台北，在車上，他說：

「佩瑾好像有男朋友了。」

我好累，我淡淡的問：

「那怎麼沒帶來給大家認識？」

「不曉得，我沒問，總覺得很奇怪。」

有什麼好奇怪？我們又沒有交往過！為什麼要用那種奇怪的口氣跟我講這個？

我想說，不，其實我想吼，把這幾年來成長的幻滅工作的失意或者所有的一切都吼進這句話裡，如果可以的話，或許就乾脆切換車道直接停在高速公路的外車道然後按下警示燈接著直接走下車，不是嘔吐，而是哭泣，哭他媽的一場。

可是我沒有，因為我們已經是大人了，所以我只是繼續踩著油門。

「他是怎麼樣的男人？」

「誰？」

「沒事。」

沒事。

「她問我為什麼不先加油。」

「吭？」

「那時候她好生氣，我覺得她真的很愛小題大作，加油站嘛、到處都有啊，這類的，但是現在想想，其實，她是失望吧。」

「你在說什麼？」

我不知道，我就是開始自顧著說。她問我為什麼不先加油，明明這一路上我們已經經過好多家加油站了不是嗎？那一次車上只有我和韓佩瑾，我開車載她去哪裡一日旅行拍照片吃美食之類的，我那時候還沒開始做房屋代銷所以時間還沒被卡死在建案裡吧我想，我不記得了，好恍惚，這幾年我過得好惚恍，每天張開眼就是上班、閉上眼就是睡覺，都不曉得每一天的差別在哪裡。

「總之回台北的時候在高速公路上我的油表燈亮起，所以我打了警示燈轉切換到外車道，然後她就開始生氣：一路上我們經過幾家加油站了、為什麼你都不先去加油？為什麼你一直都這樣？為什麼你該做的時候都不去做！」

「你是說佩瑾嗎？」

「想想，那好像是我們最後一次見面。」

「李呆……」

「沒事。」

沒事。

你為什麼一直都這樣？該做的時候都不去做！

想來，那是個起點，我指的是在高速公路想起的那段回憶，我開始認知到自己的人生是出了點問題，而問題不是一直以來我認為的只是運氣不好。我的腦子裡開始有個什麼在浮動。

你是不足的。

好，我是不足的。但是哪裡不足？

幫客戶煮咖啡時，聽著專案經理和客戶簽約議價時，我開始問自己這個問題：你該不會一輩子就這麼煮咖啡賺那一點點錢吧？我這輩子只能這樣嗎？就這樣？

你是不足的。

好。我是不足的。但為什麼他是專案經理而我只是泡咖啡偶爾站門口幫客戶看違停紅線的車會不會被拖吊？我們差在哪裡？我是不是少了什麼沒做？有沒有誰可以告訴我：究竟，我少做了什麼？

我的人生是從哪裡開始出錯的？

三十歲，我好像如願賺到一百萬又好像沒有，我懶得去算，只記得那年我把戶頭裡的所有積蓄拿去買了台新車，因為原本的那台舊車真的太老了，老到死掉了。

三十歲，莊嚴從上海回台灣定居，離開原本的建築事務所，他說要創業。他是最後一個到我當時待的建案裡來探我的朋友。

當我看到依舊綁著馬尾但卻開始穿起民族風長裙走進接待中心的莊嚴，我發現自己納悶沒在心底打賭待會莊嚴離開之後、公司的大姐們會不會追問我、這男人真的不是男同志嗎？我沒心情想這些，我只是直接問他：

「要喝咖啡還是茶？咖啡的話我們這裡只有奶油球和糖。」

「別忙了秉穎，我只是來看看你而已。」

「喔。」

我說，但還是煮了黑咖啡帶著奶油球和糖包端給莊嚴，很機械式的反射動作，他全看在眼底，但他沒說什麼。他開始說起他的近況，又或者應該說是，他的新夢想。

「文創？」

「嗯，現在流行的說法是這樣，但說穿了就是賣些手作商品的小店，杯子啊盤子啊什麼的生活用品，風格小店。」說到這，莊嚴做了個表情，停頓，然後才又繼續：「總之，重點是我們的產品都是環保的商品。」

「喔。」

「之後如果順利的話，希望可以開發我們自己設計的衣服和飾品，我女朋友在澳洲留學的時候主修是服裝設計。」

「這樣要花多少錢？我是說開一家店。」

「我們各出十萬，拿得出也賠得起的金額。」

「的確是。」

「是不多，所以我們沒辦法待在台北了。」所以他們選擇在台中開店，因為店租因為莊嚴的女朋友是台中人，比較熟悉那裡的環境啊人流啊什麼的。我沒仔細聽。我說：

「總之，確定好開幕日期先通知我，我好排假去躬逢其盛。」

「還躬逢其盛咧，」莊嚴呿了聲，「你好像有點變了。」然後，真的，莊嚴真的這樣講：「嘿，我是你的朋友，不是客戶，跟朋友講話不用這麼表面，好嗎？」

「好。」

我到底缺少什麼？差在哪裡？少做什麼？

「只是無聊問一下，」我說：「你現在眼中的我，是什麼樣子？」

「白襯衫西裝褲，很帥，而且年過三十還有腰身，頭髮也抓得很有型。」

「謝謝，可是我今天起床沒有抓頭髮，這是昨天的髮膠，喔、等一下，或許是前天的，反正我現在每天回家都倒頭就睡，根本就沒時間弄這些。我很久沒有好好看自己了。」我尷尬的笑笑：「你看這地段也不難想像吧？我每天要花好多時間開車通勤上下班。」

「反正你還是很帥，而且沒變胖。」

「而且還有腰身，」我同意：「我都不知道自己現在是什麼長相了，每天過得像是行屍走肉一樣。像個機器人。」

「下次我帶咖啡給你喝。」指著桌子上動也沒動過的黑咖啡，莊嚴說：「是非洲當地小農的咖啡豆，我們支持公平貿易。」

「好。」

我說好，但我不知道什麼是公平貿易，真希望莊嚴跟我聊聊房地產，這樣我還比較有話可以講，不過反正也沒差，沒有莊嚴所謂的下次帶什麼小農的咖啡豆過來，在莊嚴離開這建案的接待中心不久之後，我也離職了。

壓垮我的最後一根稻草就是這個建案。

很大人，很無聊。原本的專案經理跟公司的小姐鬧不和，搞到最後上面的人只能把專案經理換掉讓我去頂替他的位置，我還記得當時我心想：終於！終於輪到我了，去他媽的夢想，老子要的就只是錢而已；可是實際進去才知道，我們老闆讓一個業務小姐當專案經理，但她現場什麼都不會，就是打屁聊天跟打電動而我卻忙到快死掉，然後這樣她的獎金和薪水都還是我的幾乎一倍。

我真的心寒了。

執行完這個案子就離開。

我到底在幹嘛？

離職之後我去了莊嚴他們店的開幕，他們的店小小一間但確實很有風格，他們的店後來變成熱門打卡景點以及雜誌採訪的對象，我注意到每次訪問時，他們總是會不厭其煩的提及：公平貿易組織。

那到底是什麼東西？什麼公平貿易組織？

我給自己休了一段長假，整整七個月，試著，慢慢把自己找回來，在這七個月裡，我騎單車環島、泳渡日月潭，還和當時的女朋友去京都自助旅行七天，回來之我我有點想念EMBA或者學英文。我的英文一直都很差。

我其實不知道我想幹什麼。

最後我沒去念EMBA也沒學英文，因為假休得越久久到最後感覺居然只覺得迷惘，怎麼會這樣？況且，錢好像也快用完了；想想，那大概是我感情史上最風光的一刻吧，因為，我當時的女朋友向我求婚，她直白的說因為年紀因為現實所以她想要結婚生小孩，她再過兩年就會變成高齡產婦，算算，她得今年受孕才行；她不要跟其他朋友一樣、聊天的話題變成只剩下人工受孕或者試管嬰兒和發胖。她說得其實很大人也很有道理，只是。

只是我好像開始知道自己少了什麼。

我們分手的那一年，陳俊元結婚了，我去當他的伴郎，全程參與幫忙還拍攝剪輯婚禮影像，在陳俊元的婚禮上，秉言和鈺婷帶著他們的老大一起出席，而鈺婷的肚子裡還有老二。

「要加更多班才行，小孩子的花費真不得了，而且爸媽也開始變老，還好他們自己有退休金，那真的差很多。」

秉言喜悅的埋怨。

莊嚴也來了，這次他帶著女朋友來，他說他們可能會結婚，只是喜宴，呃不曉得，他們不確定要不要舉辦這東西。太吵了，莊嚴說。而且他們忙著展店又沒時間。

「大概先去登記而已吧。結婚證書需要證人簽名，她會找她最好的朋友簽名，那我的部分，到時候就麻煩你簽啦。」

「那是當然。」

我開心的說，還拍拍莊嚴的肩膀。我是你的朋友不是你的客人，我想起去年離職前莊嚴告訴過我的這句話。

我注意到韓佩瑾沒有來，我沒問她為什麼沒到場，我只知道她託莊嚴包了個大紅包給陳胖，他們還說新人的結婚照是韓佩瑾友情幫忙修圖的。聽起來好像如果要付費的話會很貴的樣子，我不知道韓佩瑾現在接案的行情是怎樣，只聽他們說韓佩瑾好像買房子了在台北，我不知道她買在哪裡？哪一區？我始終很好奇她的男朋友是什麼樣的男人？我收到的下一張喜帖會不會就是韓佩瑾的？

我們始終不是他們以為的第三對。

送客時，我們這群人拍了合照，照片裡不包話鈺婷肚子裡的那個總計八人。本來只是六個人的，我心想，但想不起來我們原本那六個人最後一次拍合照是什麼時候在什麼地方。

我知道自己少了什麼。

當秉言和鈺婷的老二出生那年，我考取不動產經紀人的證照，換了個有聽過的公司再次進入房地產當專案經理，上班時間變成朝九晚七還是月休四天，但我開始知道怎麼偷空去健身房或按摩；下班後的應酬還是經常得去，不過喝酒之後我會叫代駕；然而工作內容變了，規劃建案，和客戶議價簽約，這類的。曾經夢想在三十歲存到一百萬的這個數字，對我而言開始顯得有點小孩子氣，我的意思是，一百萬？那就是個零頭而已啊。

我拿這零頭的數字去換了第三台車，開著新車回家的路上，在我的右手臂內側留下我人生中的第二個刺青。

第三個瞬間

韓佩瑾

時間是平日下午，地點是在我的客廳，吃著好市多買來的凱薩沙拉搭配粉紅葡萄酒，這是洪聆榕當媽媽之後我們的見面方式，原則上每周一次，例外的話通常是因為她要帶兒子看醫生或者幼稚園因為有學生確診腸病毒全班放假七天。

把餐盤推回邊桌，洪聆榕平躺在灰色沙發上、舒爽的伸展四肢，說：

「我還是覺得客廳不應該擺桌子，又大又笨佔空間，不過我老公覺得客廳沒擺個桌子就不叫作客廳，結果好啦，永遠堆滿雜物、那笨蛋桌子。」

「我倒是比較常把這裡當作臥室，經常累到直接睡沙發，雖然其實走回臥室也就幾步路而已。」

「我真的很愛妳這套灰色沙發，每次都可以放鬆到直接睡著，這種可以躺在沙發上不被小孩打擾或者突然得跳起來阻止他做蠢事的緊繃生活我起碼得再等上三年吧，聽那些媽媽們說上小學之後就會輕鬆很多。」

「不過小學只上半天，妳兒子要去安親班嗎？」

「還不知道。在當媽媽以前我老覺得小孩子的童年都在才藝班度過很可憐，還告訴自己到時候我要帶他在大自然裡一起玩耍充分享受陽光草皮還有大樹的親子好時光，聽說小孩十歲之後就會開始有自己的生活。」然後，洪聆榕扮了個鬼臉：「不過這麼兩三年下來，每次被我兒子吵到煩到就要崩潰的時候，我還是會覺得算了吧做給誰看啊乾脆就把小孩子丟進才藝班關起來好了。」

「我好像看過那畫面。」

「妳的確是看過我兒子哭鬧了一整個下午，還說回去後妳開始耳鳴了。我要再喝一瓶粉紅葡萄酒。」

「順便也幫我開一瓶。妳今天搭捷運來？」

「嗯。今天不用接小孩放學，我老公休假。說到這，妳曉得我現在都沒有自己的名字了嗎？他們都喊我恩恩媽媽，真是莫名其妙，好像我變成只是我兒子的媽媽，可是大家卻覺得本來就這樣。」

我懂她的意思。我說：

「我倒是記得很久以前我們對著電視拍下妳的名字，還因此快樂的大叫。」

「不只很久以前，那根本就上輩子的事情了。」上輩子，重複著這三個字，洪聆榕感慨：「真不敢相信我都有自己的家庭了但卻還是沒有養狗，小時候我想趕快長大的唯一原因就是我想養狗但我媽不准。」

「妳想養什麼狗？」

「都可以，只要我光是出現牠就快樂到搖尾巴的狗，不會給我打分數的那一種。我有變胖很多嗎？」

我才不要回答這個陷阱題。

「起碼妳老公答應妳的事情都有做到啦。沒和公婆住，不用付房貸，下班後還會幫忙帶小孩。」

「他只負責和小孩玩啦，而且房子還是我婆婆的名字，我們兩家只有一個巷子的距離，每天都要過去一起吃晚餐享受祖孫三代的天倫樂。」

「不用自己煮晚餐很好啊，而且不用付房貸，這差很多。」

「說起來那年美國次貸風暴的時候真應該和你們一起趁房價下跌買房子

的。」

你們。

我們都注意到她脫口而出的這兩個字：你們。

我起身把餐盤收到流理台，而洪聆榕則是不著痕跡的換了個話題：

「妳記得廚師先生嗎？」

「妳那個前男友？」

「嗯。」

那是很久以前的事了。他劈腿是他們分手的主要因素，後來他和劈腿的對象奉子承婚，然而那些導致他們分手的其他因素還是存在，存在於他和她的婚姻之中，然而這些原因是房子外的人不會知道看到的，不，不只外人，那時候包括他爸媽可能都還覺得都是洪聆榕的錯，不溫柔賢淑，不懂忍讓，不知進退，這類的；後來，從臉書看來他們照例是美滿家庭，過好日子，孩子上好學校，每個動態每張照片都和樂美滿，看似好比公民與道德的教科書插畫還甜。

「那天他突然找我碰面聊天，妳曉得，我們那時候分手得不是很愉快，所以之後幾乎也沒再見過面，就是變成臉書上的朋友，而沒有刪掉彼此好友，純粹只是不想被說沒有風度。」

然而那天他卻突然打電話約見面，而語氣聽起來不對勁。於是洪聆榕才知道，他的房子已經拿去二胎貸款，他的老婆幾乎都不跟他講話，他已經很久都是獨自回老家看爸媽，至於他那就讀小學一年級的兒子，則因為暴力行為以及學習低落而被老師要求去會診檢查。

「妳會驚訝的，他兒子從幼稚園就有這些問題，可是他卻一直不知道。」

「他工作太忙？」

「不至於，他說休假時也會去接小孩放學，老師跟他講過幾次他兒子打人的事；我覺得他其實知道，只是一直假裝沒問題，他不承認所有的問題，這就是我們交往時最大的問題。」

長期無視家裡的問題、溝通的困境、經濟的壓力、教養的難題，還假裝一切都沒問題的結果就是，他終於覺得自己演不下去了，那天他幾乎就在情緒的臨界點上，隨時有崩潰的可能，他看起來幾乎就要哭泣，在咖啡店前道別時，他說自己可能會一路哭著開車回家。他說他真不想回家。

「目送他的背影離開，我真的覺得有點感傷。我居然曾經很想很想嫁給這個人。」

「我一直以為他滿有錢的。」

「他爸媽的錢，不是他的，他賺的薪水一向不夠他花，他的老婆又比他更會花錢，所以這幾年他一直在跟哥哥嫂嫂借錢，而且不能被他們爸媽知道，要幫忙掩飾，最令人讚嘆的是他好像從來沒有還過錢但是居然也沒有關係。這家人的思考邏輯我真的無法理解。」

「還好當初妳沒嫁他。」

「還好當初我沒嫁他。」

洪聆榕同意，我們舉杯，乾杯。

「你們真的分手了？總覺得你們各方面都很登對。」

「結果妳還是忍不住問了？」

「結果我還是忍不住問了。」

我想假裝生氣，可是我連假裝的力氣都沒有。我說：

「我們就是愛完了。」

「愛完了？」

愛完了。

我們一開始是相愛的，還愛得不太容易，但是有一天，我們突然發現，我們之間好像只剩下關係而已，而那關係在法律之前是愛情在法律之後是婚姻；我沒有辦法明確指出是哪一年的哪一天發生什麼事情我們怎麼了？就是突然變成這樣：我們走不下去了，也不想再假裝彼此都還想再繼續走下去。我們愛完了。約定好分手細節的那天，避開他打包行李而獨自躲在街角咖啡店殺時間的那天下午，我想起我媽曾經說過類似的話，她說人不是慢慢變老的，而是突然間就老了。

沒有，我們沒有人變心，我們甚至不怎麼吵架；是的，我們的確討論過婚姻，而這不就是我們當初一起買這公寓的原因嗎？我們的確本來是想走向婚姻的。我記得辦理過戶手續的時候，我們開玩笑說：不如就順便去辦理結婚登記吧？我記得我們每次出國旅行時，我們開玩笑說：不如就當作這次是蜜月旅行吧？有時候在街上看到可愛的孩童時，我們還會討論：如果我們有小孩的話，不知道會比較像誰呢？

可是我們都只是講講而已都沒有真的去做。

然後，愛情就突然變老了。

我們之間共同的話題開始只剩下工作，而問題就出在於下班之後我們最不想聊的就是工作，我們開始懷疑該不該帶著這樣的心情走進婚姻，讓法律把分手變得更難，說不準還會變成兩家人的戰爭；漸漸的，我們開始分開旅行，慢慢的，他開始在新的工作室樓上整理出一個自己的房間，而我，也覺得這樣很好。

我們還是很好，所謂的各方面都很登對，我們只是愛完了。

一陣長長的沉默之後，洪聆榕才問：

「後來，妳是怎麼想開的？」

「我其實並沒有真的想開。」

我據實以告，這不就是為什麼我還自己住在這裡而不是搬回家的原因嗎？我還沒有告訴媽媽關於我們分手的事情，我沒有勇氣告訴她：媽，對不起，我沒有成為妳理想的女兒，結婚生子，走入家庭。我搞砸了。

我其實並沒有真的想開。我在心底重複了一次。我只是把生活的重心移轉到其他的地方，慢慢的這分手好像就變得沒有那麼重要，也不再那麼困擾我，而且我對自己承認所有的挫敗和傷心，有些我會講出來，而有些不會，但是我不會自欺欺人，或者覺得都是他的錯。

「我們原本的客房就變成了我現在的工作室，他把東西搬走之後，我才知道原來那個房間還滿大的，而且視野很好。」我說：「有一天，前陣子吧，我做完稿子發完文章走出書房，就坐在我現在這位置上看電視，搞笑的綜藝節目，我習慣在腦力用盡之後看看這些東西放空腦子轉換心情然後去睡覺。」

「嗯。」

「那個主持人講話很賤很好笑，所以我就笑，一直笑，笑著笑著，好奇怪，我發現自己居然開始哭泣。」

「最近工作壓力太大嗎？」

「工作壓力一直都大，所以說起來應該早就習慣了。」事情是這樣的，我說：「夢想是有重量的。他跟我說過這句話。」那時候我聽不懂這句話什麼意思，但是我現在好像可以理解，為什麼那年他要放下一切出國流浪放空一年，因為現在的我也覺得很空，心裡老是有個洞，而風一直吹過。我的人生卡住了。

「工作越久我越覺得自己已經不是個有血有肉有靈魂的人，而只是個人肉機器而已。聽說靈魂的重量是二十一公克，撒泡尿就沒了的重量。這年代聊靈魂會不會被笑？」

「要不要陪妳出國旅行？我們很久沒一起旅行了。」

搖搖頭：

「我試過，這幾年來我每年出國好幾次，本來只是單純去旅行，後來變成是為了要拍照片寫文章，然後，真的，連出國旅行這件事情都變成好像是例行公事打卡拍照衝點閱率，另外這幾年也買了不少奢侈品，香奈兒啦愛馬仕啦卡地亞啦，以為多花一點錢就可以多快樂一點，可是結果並沒有，而且最悶的是這些話又不能說，因為說了會被認為是在炫耀。」

「或者無病呻吟。」

「或者無病呻吟。」

我同意。但這感覺又真的，千真萬確，還很具體。怎麼會這樣？我怎麼了？

該怎麼辦？

我迷路了。

「我的人生卡住了。」

終於，我把這句話具體說出口，然後，我聽到洪聆榕告訴我：

「妳只是寂寞到都不知道自己寂寞了。」

妳寂寞到都不知道自己寂寞了。

洪聆榕說。改天一起去看場電影吧，我們也好久沒有一起看電影了，妳知道學長在中國復活了嗎？用復活這兩個字形容好像有點奇怪，不過總之就是這麼一回事。

於是，我們一起去看了他在中國的成名代表作，電影是穿越的題材，而票房獲得巨大的成功，聽說在中國破億呢，幣值單位還是人民幣；我們錯過他在台灣的首映座談會，那場座談會我是電影散場之後從網路上看的視頻，視頻裡主持人訪問著他，而他開朗的談起自己當年是如何年少輕狂如何讓大人失望如何迷失自己又如何從谷底翻身放手一搏西進中國。

「安定的力量。」

我注意到在訪問裡他提起這句話、當他被問起感情現況時候，我沒看見他手臂的條碼刺青，只記得他在十七歲那年是個害羞到不敢跟陌生人講話的少年，而如今，他又重新拿回他人生的主導權。

「你是怎麼走出那卡關的人生？什麼叫作安定的力量？」

對著電腦螢幕，我開口把這些問題說出，可是他聽不見，那是當然，視頻裡他的訪問繼續著，他繼續談起他的拍片計畫，並且以非常謙虛的口吻感謝這意外的票房紀錄。我注意到他甚至還用您這個字稱呼主持人，以及，是的，他把成功的過程輕輕幾句話帶過，然而談起那段低潮時，他卻說得眉飛色舞神采飛揚。

他還是很會說故事，連人生的低潮都講得很有滋味。

妳寂寞到都不知道自己寂寞啦。

那天，我的前男友說他會回來拿最後的物品，我想告訴他衣架上有幾件他的舊襯衫我拿來當睡衣穿，如果可以的話請不要拿走，還有玄關上他的拖鞋……算了，我留著他的拖鞋幹嘛？反正結果我什麼也沒說，只是已讀不回他的訊息，並且在他說好的那天提早在傍晚就離開曾經屬於我們的公寓，純粹，不想讓他看見我瘦掉很多。

在附近的公園裡，遠遠，我看見一隻黃色的柴犬在奔跑，身後是牠的主人拿著牽繩追逐，接著，是另一個大男生帥氣的電影畫面般的跨過矮樹叢跑來。耍帥吭？我心想，但繼續坐著，繼續想事情，直到，那隻笨柴犬跑向我，抱住我的小腿，行交配禮。

「啊。」

「沒事沒事，牠只是，唉，丟臉！」

狗主人狼狽的把柴犬抱走，接著我們就此聊上幾句，牠幾歲啦什麼名字，這類的，當我心想或許也該養隻狗的當下，突然間，我聽到始終酷酷地坐在一旁的大男生插話：

「妳住在附近嗎？」

「欸。」

我點頭，然後凝望他的臉，就是在那短短的一秒鐘近距離交談裡，我發現，他長得很像李秉穎。

「你這外表的男生很吃得開吧？」以及：「你已經傷過幾個女生的心了？」

我心想，但沒說。離開時我看見那個大男生蹺著二郎腿躺在公園的長椅上看著天空，而原本那個我以為是狗主人他女朋友的年輕女生則是走過去輕摸著他頭髮，表情像是正在說：你快樂一點嘛。

愛情始終沒變，只是重複上演。

可能是因為那個畫面觸動我心底遺忘了的什麼，於是結果我不是按照原本計畫回家卻是搭捷運去莊嚴的店，毫不意外他們都不在店裡，其實我此刻連他們是否人在台灣都不確定，懷抱著這樣的心情我打電話給莊嚴，結果沒想到，七響之後，他接起：

「我在參展，但快結束了，妳要不要等我一個小時？我請妳吃晚餐。」

我說好。因為反正我沒有特別想去的地方，也沒有特別想見面的人。

結果我等了他一個半小時，他一個人來，興致高昂的說起他們的展店和營收，快樂的抱怨他們根本忙到都沒有時間。

「你成功啦。」

我恭喜他，準備聽他繼續侃侃而談他們的事業藍圖美好願景，可是莊嚴沒有，莊嚴改口：

「妳怎麼了？瘦這麼多？」

沒事啦。我想說，可是結果，我哭了起來。

我寂寞到都不知道自己寂寞了。

都是同一年發生的事。

我看了他的電影，臨時起意去莊嚴的店，出乎意外的哭泣，以及，路過那棟百年的老房子；而那一年，林俊傑唱著：〈不為誰而作的歌〉。

也許在真實面對自己才不顧一切
去探究當初我害怕面對

夢為努力澆了水　愛在背後往前推
當我抬起頭才發現　我是不是忘了誰

詞／林秋離　曲／林俊傑

同年年底，我把公寓賣掉獲利了結，我的這一部分全數拿去整修那棟改裝變身成為咖啡店的百年老屋，而另外一半，前男友說他不收。

「就當作是投資妳的咖啡店好了，算我一半股份。反正之後的經營也要花錢，老房子的維修很花錢，不過這點妳應該比我了解吧，畢竟室內設計系畢業的人是妳。」

「可是應該賺不了錢喔，」我誠實的說：「簽約那天房東還直接告訴我、那棟老房子可以直接叫怪手來拆除沒關係，所以當他聽說我要花錢把老房子重新整修的時候，他覺得我不是瘋了就是犯傻。」

「沒這回事，妳知道自己在做什麼就好。」前男友說：「人活著本來就夠不容易了，不必要做每件事情都只是為了賺錢而已。」最後，是的，他確實這麼說：「我們這幾年這麼用力的工作好像賺了不少錢對吧？可是結果，我們有比以前快樂嗎？」

「嗯。」

「就，當作是回到初心吧。」

回到，初心。

第三個刺青

李秉穎

等下次有時間。

這幾年我最常說的話是這句。當秉言和鈺婷的老二出生時，我說等下次有時間去看他們；當莊嚴說他們把店開回台北時，我說等下次有時間去捧場，當陳胖說他要當爸爸了，我說等下次有時間去喝一杯；還有，當那個約會過幾次感覺可以穩定交往的女生說想一起出國旅行時，我也說等結案後有時間再去。畢竟，每天醒來都是下一個明天，感覺，永遠都有時間。當時的我，是真的這麼認為的。

「我們有個專案經理，執意要帶全家去大阪玩五天，說他兩個小孩五歲和七歲了，總該帶他們去環球影城玩，可是回來後，他被革職了。我們在銷售期間最多只能請兩天假，而且那還通常得騙老闆說是紅白帖。」我解釋：「還是我們先去澎湖花火節？一天半應該可以。」

「一天半飛離島太趕了吧？」

「還好吧？我有一次就兩天來回香港迪士尼。兩天一夜，早去晚回。」

「太累了。我平常工作就已經很累，所以如果休假的話就會想要睡個飽再慢慢玩。」

「還是我們開車去泰安逛老街泡溫泉？一天半的時間剛剛好。」

「好啊，但是就得等到冬天，現在都快夏天了呢。你每天待在冷氣房裡沒感覺吧？」

除了鬼月淡季之外還真的是沒感覺，沒感覺每一天的差別在哪裡；再說，現代人也不再那麼迷信鬼月，所以就更沒有感覺。

反正我們也沒等到冬天就說再見，她遇到生活節奏更合拍的男人，她語帶抱歉的說明，而我則落落大方的祝福，當我收到她從北海道帶回來的白色戀人巧克力時，還非常紳士的問她：現在的北海道是銀杏的季節吧？

她說是啊，而且還推薦我結案後可以去北海道滑雪，北海道的冬天很長呢。

我忘記我當時回答她什麼，只記得那盒巧克力吃得我拉肚子，不曉得是不是心理作用。

等下次有時間。

外婆生病的時候我也是這樣告訴她。

我和外婆很親，可能是因為家族長孫的優勢，可能是因為我上幼稚園之前是外婆帶大的，我記得小時候看到外婆感覺比看到媽媽還高興；而外婆每次看到我就很開心，驕傲的說我長得真俊，於是我也總像個猴小孩一樣逗她開心；後來猴小孩長大成人，而外婆也終究衰老，當外婆老到還能走的時候家裡只有外傭陪著她，那時候我每次回外婆家去看她總會告訴她我要帶她出去玩，而外婆一向會說好，感覺很高興想要去，可是我始終沒有這麼做，是怕她走不久也是因為工作忙或者交女朋友，這類的；直到外婆過世的前一天，我都還在跟外婆說要趕快好起來喔因為我還等著要帶她出去玩喔。可是這話連我自己說了都不相信，因為那時候的外婆已經無法言語，只剩下眼神還能轉動，而外婆最後的眼神彷彿是在回答我：好啊。

我始終沒帶外婆出去玩，沒等到所謂的下次有時間，總以為還會有下一次。

那是台灣冷到下雪的那年，外婆過世的那年，那年一月底，台灣很多山區都下雪了，而外婆沒能撐過那個農曆年，團圓；在那個農曆年前，台南發生大地震，二月六號上午三點五十七分，芮氏規模六點六，最大震度是七級，那是繼九二一之後災情最嚴重的地震。

生離

死別

那一次的地震讓我們再次相聚，因為秉言他們家就在台南，雖然秉言他們家幸運的沒事，只是受到很大的驚嚇；那天，我們所有人都直接打電話問候他們而不再只是像以前那樣傳個訊息聊個幾句而結尾總是下一次有時間再聚然後一直不聚，一直以為還會有下次。

明天理所當然會到來的這個觀念，開始慢慢轉變。

約好見面的那天，我先到機場去接莊嚴。

「你結案啦？居然有時間來接機？」

「對啊，倒是你生意做這麼大啊？連農曆年都要出差？」

莊嚴給了我一個表情，一個，我很久很久沒看過的表情：

「去澳門參加我爸的婚禮。」

「喔。」

「他寄喜帖給我，只是義務上通知一聲吧，因為他講明我不用去參加也沒關係，說來也是，反正新娘我不認識也不必認識嘛。酷吧？」

我配合的笑笑，其實我不太記得莊嚴的爸爸以及他的親生母親，只記得莊嚴曾經說過他小時候爸爸經常不在家裡要不就是喝醉了在房間裡睡覺，而媽媽則是要上大夜班工作養家，因為大夜班的薪水比較多。我有想過問我媽他們家是怎麼回事？畢竟我媽在洗頭店裡和鄰居媽媽們交換了不少左鄰右舍的情報。不過不知道怎麼回事，我始終沒問過這些，總覺得問了不好，畢竟我們是朋友。

回過神來，莊嚴還在說：

「不過我還是去了，和我老婆一起去，我老婆想順道賭一把試手氣，畢竟是澳門嘛又大過年的。」

「結果手氣如何？」

「不曉得，我不喜歡賭場所以沒進去賭。一大堆水晶燈亮晶晶的閃到我眼睛都疼痛，不過倒是有進去拿免費的瓶裝水喝順便搭免費巴士遊澳門。唉，窮慣了就是這樣，不拿白不拿，不搭白不搭。」

「新娘正嗎？」

「就是個大嬸，妝化得很濃，還穿整身紅，真是服了她的品味。如果沒事前介紹的話，我還會以為她是媒婆咧。」

「呵。說起來你老婆人咧？」

「她直接回台中和她爸媽過農曆年，我們工作生活都在一起，反而農曆年各過各的，以前她還會約我去她家過年，後來她終於知道原來我是真的很不喜歡團圓。」

而我外婆死掉了，她沒撐到這次的團圓。我突然很想這麼說，可是我忍住沒有這麼說。

停車場，指著我的車，莊嚴說：

「看起來你這幾年賺不少喔。」

「這一行嘛，就是個表面。」

我說，但其實我不知道自己在說什麼。我還是繼續想著我的外婆，想著她沒撐到這次團圓，而我，始終沒等到下一次機會，帶她出門去玩。我就都只是嘴巴說，說下一次要帶她出去玩。

開車，回台北。

「秉言說他想離職專心考警察，不然就要超過警察特考的年齡限制了。」

「他還是忘不了警察夢喔？」

「我是搞不懂當警察有什麼好的啦，不過，嗯，這次的地震大概真的搖醒了什麼吧。」

「你記得那次我們夜奔陽明山嗎？天亮前我們在聊九二一。」

我記得，當然。那是第一次夜奔陽明山，那時候我們才剛認識不久，那時候韓佩瑾問我們九二一時大家都在幹嘛？我記得我說我和我媽在街頭走了一整夜累到放棄回家去睡就算會被地震壓死也不管了啦因為真的是累斃了。那時候我哪會知道往後的人生我都會過著那樣日復一日的疲累？連帶外婆出去玩這樣的小事也錯過？就這樣眼睜睜看著外婆死掉？而我什麼事也沒做也沒辦法做就只是一直說一直說等下一次有時間？沒有他媽的下一次了！

我外婆死掉了，她沒撐到這次的農曆年。我想說，但還是說不出口。怎麼搞的？我為什麼能做的時候都不去做？

我聽見自己說：

「你待會別提到宏達電，陳胖會吐血。」

「知道啦，我有看新聞。聽說還會再跌咧，不過這事誰曉得。」

「誰想得到。」我說：「房價也是啊，也開始跌了。」

「還好我沒買股票也沒炒房，錢都拿去創業了，賺得不多但比較實在。」莊嚴說，然後，話題一轉：「你還不結婚喔？陳胖很擔心你耶。」

「你們自己咧？不生小孩嗎？」

「好。」

好。莊嚴識相的換個話題：

「倒是佩瑾把房子賣掉要開咖啡店，已經簽約了就等農曆年後開始裝修，我有幫她介紹一些工班師傅，但是很難找，畢竟是年紀一百歲的老房子啊，應該算是古蹟了吧？」

莊嚴說，然後開始聊起那座屋齡百歲的木造老房子：那根本就廢墟啦，連屋頂都破了而地板也塌了，牆壁嚴重剝落不說連水電管線都要重新拉過。

「房東自己都說啦，拆掉重蓋還比較省錢，不過佩瑾就是執意要修復。」莊嚴說：「我很想告訴她她瘋了，不過我自己也沒資格講這種話倒是。」

的確，莊嚴的每一家店都是老屋修復的風格文青店。

「不過實際去過之後才知道不一樣。」

「怎麼說？」

「那真的很神奇，沒去過的人不會知道，本來以為只是一棟會讓我想起外婆家的老房子，那地點低於路面的奇怪設計啦，那必須穿過後院的增建廁所……說起來，一百年前的人家裡好像真的都沒廁所，我忘記是不是大學有教過這個建築史。」

「這我就不知道了。」

「反正，它真的很像我小時候去的外婆家，穿越時空了、真的。」直視著前方的高速公路，莊嚴聲音低低的說：「我在廁所裡聽到不存在的聲音，我帶工班師傅們去看現場估價的那天。」

「什麼不存在的聲音？」

「我爸的哭泣。」沒頭沒腦的，莊嚴又說：「所以我就轉念決定去參加我爸的婚禮。那個老房子不能拆掉，沒去過的人不會知道。」

「你到底在講什麼？」

「沒事，」沒事：「不過，店名叫作歡迎哭泣好嗎？」

「很有她的風格。」

我說，然後想起秉言曾經告訴過我的這句話：總覺得在佩瑾面前可以放心的哭沒有關係，她給我這種感覺。

歡迎哭泣？

台北。

停車時，我說：

「現在我們聚會要佔三個停車位啦。」

「不好意思喔我們堅決不買車，所以沒當成第四台。不環保，真的，其實大眾運輸很方便。」

「那你還叫我去載你？」

「是你自己堅持要來載我的，說起來機場捷運到底什麼時候通車啊？現在西進都改稱北漂了。」

「不曉得。」

「所以，你下個建案什麼時候開始？」

「不曉得。」

我外婆死掉了，沒撐到這個團圓，所以我該曉得這些嗎？我只是賺到一點錢開了台好車子而已，可是那又怎樣？買得回我外婆嗎？買得回從前？買得回每個錯過的當下？每個只說等下一次有時間的我？

我嚥下這些情緒。並肩和莊嚴走進餐廳裡。聚餐，久違的聚餐。

地震很可怕。我們同意，新聞畫面一直重播啊不是嗎？活著真好真的好，我們也同意；小孩很吵啊，那當然，這三隻不就正在我們眼前扯開喉嚨尖叫嗎？至不至於啊？喔好啦我小時候可能也這樣？不對喔應該是我們小時候都這樣吧？說起來外婆的遺照應該還是選她抱著滿月時的我那張吧？照片裡外婆笑得好開心哪，完全不曉得她親愛的長孫長大以後只會說要帶她出去玩卻從來沒帶她出去玩。

媽的不能把錯都推給別人的感覺真不爽，真心痛。

李呆你怎麼還不結婚啊？回過神來，秉言在問而陳胖也在起鬨。奇怪你們怎麼都不催莊嚴先生小孩啊？文青比較高尚嗎？文青的基因好啊怎麼就不催他啊？還有韓佩瑾啊，說起來，你們為什麼都不催韓佩瑾結婚啊？她和那男的不是交往很久了嗎？

我還是嚥下這些情緒，只故意說：

「不然來聊宏達電好了。」

陳俊元用嘴型說了聲幹，然後：「來合照啦，九點了，我女兒要回家睡覺了。」

「我這兩隻也差不多沒電了，希望他們不要認床啊。」

「你們今天住旅館喔？」

「對啊，不然當天來回太趕了。」

太趕了。這句話我說幾次了？你真的都沒有時間嗎？真的有那麼忙嗎？賺很大？

我聽見自己說：

「大的五歲了沒有？記得五歲那年要帶去環球影城玩喔。」

「你在講什麼啦？」

我也不知道，我就是繼續講：

「或者迪士尼，東京或香港，聽說上海的今年會開幕。」

「李呆你醉了喔？」秉言說：「今天有帶他們去木柵動物園了啦，你又喝酒了喔？」

「沒有啊，開車不喝酒喝酒不開車嘛，我幾年前就開始叫代駕了。」

我說。我只是外婆死掉了沒機會再帶她出去玩了所以心情不好而已啊。我活該嘛光說不做嘛總以為還會有下一次嘛。可是我外婆呢？她也活該？媽的！

「佩瑾妳站李呆旁邊。欸、先生，可以幫我們拍張合照嗎？謝謝喔。」

我沒聽清楚這話誰說的，因為三隻小人真的太吵了，哭也叫笑也叫，還扯開喉嚨叫。莊嚴今天到底在說什麼他媽的鬼哭泣啊？

合照。久違的合照。

道別。明天帶這兩隻來我家玩啊，不行啦得提早上路避開塞車咧。莊嚴你要走路喔？對啊我要先進公司，很近，反正回家也只有我一個人啊，乾脆進公司去弄一些報表，「李呆，那你送佩瑾回家。」陳胖推著我的肩膀，說：「好久沒看你送佩瑾回家了，真懷念。」

然後，他老子大手一揮，摟著老婆小孩，開車走人，然後是秉言和鈺婷他們，然後是莊嚴，看著他們的背影，我聽見韓佩瑾說：

「我搭公車回去就好，你忙啊。」

我忙？我忙什麼？忙著後悔？怪自己？

「我送妳回去。」

「你還記得我家在哪嗎？」

「當然記得。」

當然。我不只記得妳家地址，我還記得在妳家樓下，我看著妳轉身妳上樓，妳亮起房間的燈，我看見我終究鼓起勇氣撥了電話給妳，就在妳家樓下。

我曾經以為，我們會變成第三對。

妳愛過我嗎？是否曾經拿我和他比較過？妳應該拿我和他比較過吧、那時候。

那時候我以為妳是嫌我窮，沒志氣，沒前途。妳那時候老是嫌我哪，為什麼這樣為什麼那樣？為什麼該做的時候都不去做？妳為什麼不再多等我一年？妳。

「你換車啦？」我聽見韓佩瑾說，是的，她真的這麼說：「說起來，還真懷念你那台三萬塊的破車子，好多回憶。好像車窗壞掉還什麼的？」

「是車燈啦，左前大燈吧？我也有點忘了。」

「比起來，我居然比較喜歡那台破車子。」

「妳白痴喔。」

妳喔。

「好奇怪的感覺，你媽今天沒有打電話查勤催你回家。」

「她早就已經放棄兒子會早點回家這件事情了啦。」我以為我會這樣說，可是我沒有，我說的是：「我媽……」我哽咽著說：「她在忙。」

「她怎麼了？」

「忙一些瑣事，」我不想講，可是結果我還是講了：「我外婆上個月過世了，其實再撐個十幾天，她就可以等到最後一次的團圓，可是，嗯，她沒撐住。」

而且我也始終沒帶她出去玩，會不會她人生中最後的一個願望就是我帶她出去玩？

「嘿。」

嘿。韓佩瑾什麼也沒說，沒有安慰，也沒有那些什麼外婆只是去了更好的地方、我了解你的感受、我哪個誰也過世了之類的廢話，就只是這樣，輕拂著我的手臂，用她小小的手，我記憶中她小小的手，輕拂著我的手臂，右手臂。

嘿。不哭。我不要在她面前哭，在別人的女朋友面前哭像個什麼？還是個男人嗎？

自從長大以後我就沒在任何人面前哭過，那是小孩子才做的事情，我指的是哭泣這件事情。我只是說：

「妳的咖啡店，妳為什麼突然想開咖啡店？本來的工作不好嗎？不是很好嗎？」

「是很好，只是……，喔，到了。」

指著前方的公寓，韓佩瑾說：「謝謝你送我回家。怎樣啦？突然的、笑什麼？」

「這是第一次妳跟我說謝謝。」

「嗯？」

「我都數不清楚送妳回家幾百遍了，可是這是第一次，妳跟我說謝謝。」

「好了啦。」韓佩瑾又笑又氣，是那種我曾經非常熟悉的表情，又笑又氣，我以為她會說一聲你喔，我好希望她再跟我說一聲你喔，當著我的面，再說一次：你喔。

可是她沒有，她只說：

「等店整理好之後，你來喝杯咖啡，你來，我都不會收錢。」

「只有我不收錢嗎？」

「還有莊嚴，因為他幫了我很大忙。」

「陳胖咧？」

「要收錢，而且不准帶他小孩來。」

「秉言和鈺婷？」

「好了啦。」

「好。」

我笑了起來，然後看著韓佩瑾轉身，上樓。

這次，我還是在她家樓下停留，直到看著她房間的燈亮起時，突然，我很想再打一通電話給韓佩瑾，再說一次：我還在妳家樓下。

妳愛過我嗎？那一年，那幾年。還好妳沒有多等我一年。

他比我好。

我沒撥出那通電話，我只是讓這念頭在我腦子裡跑了一圈，然後把這念頭送走，然後叫自己離開，離開那個他媽的回憶場所，那，韓佩瑾家的樓下。

那是個很冷的冬天，我記得，超級寒流，台灣好多山上都下雪了，新店，新社，之類的。

那年，北海道罕見的下起六月雪，六月一號那一天，積雪厚度約五公分。就是在那場北海道的六月雪裡，韓佩瑾的店開幕，而我，始終沒走進去喝過咖啡，雖然，她說我去，她都不會收錢。

那年七月，我走進刺青店，在身上，留下第三個刺青，沒再回去代銷人生。

此時

說句真心話，我心裡有過你。

我把這句話告訴你也沒什麼，喜歡人不犯法，可我也只能到喜歡而已了。

這些話我沒對誰說過，今晚見了你，不知道為什麼就都說出來了。

——一代宗師。王家衛

我記得那幾年

李秉穎

如今我偶爾還是會想起那個陌生的中年男人以及遇見他的那一年，我的人生差點就被卡死在那一年。

在那個冷到台灣很多地方都下雪的冬天，每次我走進春水堂時總是會看到那個中年男人就坐在最靠近門口的位置，每次我離開春水堂時他還是依舊坐在那裡，他桌上乾乾淨淨的就一杯冷飲和一支始終只放在桌子上動也沒動過的手機，有時候我會隔著幾張桌子遙望那手機背後缺了一口的蘋果，納悶：既然都換最新的i6s玫瑰金，那為何從來不拿起來使用？總是獨自一個人坐在春水堂而且還不低頭滑手機的男人，那個陌生的中年男人，每次去我都會看到他，不管是星期幾，直到後來我甚至開始懷疑、會不會其實他每天都會走進春水堂，就這麼沉默著從開店待到關店？是不是他的人生中就只剩下這件事情想做？

就只是放在那裡的手機，就只是坐在那裡的男人，彷彿無事可做無處想去彷彿生無可戀。那一年我經常看到的畫面。

而其實一開始注意到他的人是李泓道不是我。

「你有沒有看到那個男的？」指著中年男人，李泓道說：「這溫度他穿薄薄的短袖短褲，那夏天他是要全裸喔？」

「有些人體質就是不怕冷。」

我說，同時悶悶的想起去年那個差一點就變成我女朋友的女生曾經說過：你每天待在冷氣房裡沒感覺吧？她還真說對了。那我現在開始有感覺了嗎？

「無感。」

「什麼？」

「沒事。」

我說，攪著小茶匙，我換了話題感謝他爸媽來參加我外婆的頭七，陪我們送外婆最後一哩路。

「小事，鄰居一場啊大家，要是我人在台灣也會去，小時候你外婆對我們很好，粉圓冰啊什麼的。倒是、你怎麼都沒跟我講？」

因為我不想講，因為講了就會變成真的，雖然那確實就是真的。我說：

「反正你媽去找我媽洗頭的時候就會講啦。」

「還真的是。李媽媽的洗頭店根本就我們的鄰里佈告欄。你怎麼約今天？不是都初五開工嗎？你不去拜拜領紅包？」

「我離職了，想先休息一陣子。」

「有什麼計畫嗎？旅行？」

「或者學個什麼吧，英文之類的。」搖搖頭，我開始感覺到厭煩：「不曉得，總之先能每天好好睡覺再說，這幾年我偶爾會吃安眠藥，很奇怪，這幾年忙到連睡覺的時間都沒有可是該睡覺的時候卻反而睡不著，而且晚上常常耳鳴，很準時，大概晚上十二點左右我的左耳會開始咚咚咚的響，好像心臟長到耳膜去了。」

李泓道聽得哈哈笑，雖然我並不是在講笑話。

我們喝喝飲料，吃吃豆干，然後，李泓道說：

「這次回來發現我兒子跟我一樣高了。」

「國二？」

「嗯，老二是小六，應該來月經了，可是這種事情我哪會知道？我兩個月才回台灣一次，一次十天，扣掉轉車搭機和進公司一天，根本就沒剩下多少間待在家裡。我也想離職。」

「可是你回台灣大概很難再找到原本薪水的工作，那房貸怎麼辦？」

「房貸？」

李泓道呸了一聲，說他當初就是為了多賺點錢買房子養孩子所以才選擇公司的人事安排去東莞當台幹，十幾年前他們那批人幾乎都是去當台幹，供吃供住還配打掃阿姨和司機，可是現在的年輕人好像就只是職員，而那還算是好一點的，名為打工遊學但實則切牛肉或採草莓，這類的。

「念高職的時候我們班導師說以後的年輕人就是出國當台勞，說什麼我們是下一個菲律賓，那時候我還想說媽的妳這老女人，現在是唱衰還恐嚇啊？結果現在呢？」

「現在他們的退休金比年輕人的月薪還要高，周休七天月領七萬，聽說。」

又呸了一聲，李泓道順著這話題說他們公司已準備撤廠轉投資到越南，政治啊稅金啊什麼的，總之就是那些只有少數高層才會知道的事情，然後就這樣影響了我們所有的人。

「我不想調去越南，那裡排華，聽說兩年前還有暴動。」

嘆了口氣，李泓道說反正他們老董也要退休了，最近在交接第二代，而接班人看看財務報表看看人事資料再看看當下這景氣，突然覺得他們這批從基層做起的資深幹部領太多錢又學歷太低，還只有專科畢業呢。的確，十幾年前好像沒那麼多人覺得人人都必須得要大學畢業才能開始找工作。是這十幾年學校蓋得太多還是景氣壞得太快？

「媽的那小子也不想想當初是我們幫他老子西進打基礎耶。過河拆橋啊？」

「現在好像是叫北漂了。」

我說。我想起韓佩瑾很久以前好像也說過類似的話，只是時代改變所以立場相反，那時候韓佩瑾說的是：憑什麼只是早幾年進公司卻因此同工不同酬？

回過神來，李泓道還在自顧自說著：

「反正我不會領完年終就提辭呈，我老董還在，但他兒子真賤。」

「呵。等到領端午禮金吧？」

「乾脆再等到中秋禮金吧？」

「那乾脆等下一次年終吧？」

「好了不嘴了。我還要去岳母家接他們。要先載你回家嗎？」

「不用，我還有個地方要去。」

「你要去哪裡？」

歡迎哭泣。

還沒變身成為歡迎哭泣那個老房子。

那真是相當奇怪的地點，房子的地基比馬路還低，經過時就只能看到磚瓦屋頂和半個大門口，要走進門口可能還得往下穿過一段階梯吧？是那種經過時很難立刻發現它存在的老房子，不，可能經過幾次就會錯過它幾次吧？真不知道韓佩瑾當初是怎麼發現它的？真難想像到時候招牌要怎麼掛掛哪裡才能吸引到往來行人的目光？

是這麼個刻意不想被看見的老房子。

我站在這百歲屋齡的老房子面前，喃喃自語著這句話。

老房子是標準的日式建築，順著連接馬路的長斜坡往下走去，首先會看到斑駁的紅色鐵門，鐵門內是雜草叢生的前院，前院由紅磚牆區隔出與鄰屋的界線，我花了好一番眼力才看出被雜草包圍裡、架高於地面的荒廢主屋以及它的木格子窗戶和木長條拉門；滿大的一個建築，我心想，斜面的磚瓦屋頂大概要花掉不少錢修補吧？

這值得嗎？

大房子的左側是一塊面積相當大的空地，空地的角落有棵比老房子還高的大樹，大樹的旁邊緊臨著一棟增建的小屋，若不是看到那一道木造穿廊連接著這小屋和大房子，否則我還會以為這小屋是樹的延伸。

我開始納悶：外露的木造穿廊若是遇到下雨天大概要很費力打掃吧？那個增建的小屋是廁所嗎？莊嚴是不是提過這個廁所？到底什麼不存在的聲音？那棵大樹是什麼樹？韓佩瑾應該會知道吧？打個電話問她吧？何不現在就打電話問她呢？順便問問這整理起來要花多少錢營業之後能賺多少錢吧？

錢錢錢錢錢。

我站在這荒廢的百年老房子前面思考這一堆問題，我不知道自己站在那裡想了多久，只知道我重複好幾次拿起手機又放回口袋這個動作，而最後就這樣離開。

我還是撥不出那通電話。

這種日子我重複過好幾次、在那個很冷的冬天，我每天做的事情就是出門去那家春水堂喝一杯珍珠奶茶吃一盤烏龍豆干看幾眼那個坐在門口的中年男子然後再繞過來站在馬路的對面遠遠看著老房子施工，每一次我都想要走進去看看韓佩瑾問一些問題或者幫忙買個什麼飲料或便當，可是結果每一次我都沒有這麼做。都只是站在那裡而已。

我還是跨不出那一步。

我對自己好失望。

我想把世界推開。

二月就這樣過去。

三月時我本來想去北海道滑雪或者報名英文課程，可是結果我都沒有，我繼續每周幾天那樣的日子：春水堂，陌生中年男人，老房子；四月時我考慮開車環島或者報名職訓局課程，可是結果我也都沒有，我還是繼續每周幾天那樣的日子；五月李泓道帶著一瓶威士忌走進我的房間，他說他離職了。

「先跟在我爸身邊當學徒，從工廠經理變成裝修工人，唉，」李泓道嘆了口氣，半開玩笑的說：「原來中年轉業真的很難。」

「乾杯啦。」

「隨意就好。」

隨意就好，李泓道說，但他眼神卻好像不只是想說這個。

看著電視機裡播放的球賽，他突然開始說妞妞，那隻他家的狗，小小的一隻米克斯。那是幾年前他們全家去北海岸玩水時偶遇的狗，那時候還是長著乳牙的幼犬，讓中途愛媽帶去看看世界玩耍，然後隔天就要送到市集尋找有緣的主人認養，而緣分就是這麼巧妙，在前一天就被他的兩個孩子遇上，玩得你儂我儂不肯分離。

「所以妞妞永遠都不知道自己其實是流浪狗，想想真是幸運，就只差一天牠就會被送去領養市集給人挑選。」

妞妞對於人類的喜愛有點過頭，每個去過他家的客人大概都領教過被妞妞飛撲舔臉的熱情，說來我自己就領教過，那次我才剛坐在客廳沙發上，那小妞就冷不防跳上我的大腿往我臉上狂舔，差點跟牠舌吻，真是噁心，本來我想這麼說，但是考慮到妞妞上個月五號清明節那天才剛過世，所以我變成只是說：請節哀。

「謝謝。」李泓道沉默了一會，才說：「很奇怪，接到電話的時候還沒有什麼感覺，只覺得死亡本來就無所不在，但也可能是妞妞跟我老婆比較親吧？畢竟他們每天生活在一起，而我整年待在家裡的時間也不多，可是，不曉得，上次回家的時候打開大門不再有妞妞搖著尾巴衝出來的那一瞬間，還是覺得，嗯。」

嗯。

「反正，那次回公司之後我就遞辭呈了。」

「嗯。」

抹了抹眼睛，像是想抹掉傷心，看著我，李泓道換了個語調，說：

「你多久沒剪頭髮了？」

「好像有一陣子了，想不起來。」

「國中之前我的頭髮都是李媽媽剪的，你要不要現在就下樓去給你媽剪個頭髮？」

「我國中三年還是我媽剪的。」

「算了，」比了個手勢，李泓道一鼓作氣的說：「反正我就是負責把話帶到：你媽要我媽叫我來問你怎麼還不去工作？」

因為錢還夠花啊。我想說，實際上我已經這麼跟我媽說過幾百次了。那麼花完了呢？工作不是你想要找就有喔，而且老了怎麼辦啊？人又不一定會活到老，每次我回答這句話時我們的心情就會開始惡劣，然後我會轉身出門，去春水堂。

而此時，我差點也開始這麼說，但考慮到妞妞才死掉不久而且確實妞妞沒有活到老，於是我平靜的說：

「我其實覺得人長大了之後就是要一直工作賺錢最好賺到錢多到死掉也花不

完的這個觀念很奇怪，我的意思是、我們到底是要多快樂啊？」

「好。」

好。李泓道點頭，然後又換了話題開始提起他表姐。他表姐大我們好幾歲，是個開刀房護士，從護專畢業就開始工作，加上輪班津貼什麼的薪水還算不錯，畢竟是個每天得看那些血裡來肉裡去的工作啊，不過她倒是不介意，反而是輪班對她而言比較痛苦，作息都亂掉了啊畢竟；她是勞保舊制的人又一直待在同一家醫院，所以年資滿二十年就可以領到不少退休金，可是突然，在可以領退休金的前兩年，她執意離職。

「非常堅持要離職，你如果認識她的話會驚訝的，本來是那種連盲目相親也會聽話出席的乖乖牌，突然間堅決離職，本來我們還以為是跟醫院的哪個醫生婚外情啦還是工作上遇到什麼麻煩所以死也不要再進醫院上班，不過總之不是那回事，完全沒有發生什麼事，她只是卡住了而已，她後來告訴我、她那時候不知道自己過的是誰的人生，求學時爸媽說女生當護士好，然後她就去念護專，求職時醫院有開刀房的缺於是她就去當開刀房護士，到了某個年紀之後大家都說應該要結婚生小孩所以她就每個相親都出席，過了某個年紀之後她開始覺得不對勁，好像對方只要是個男的她就得要趕快嫁。後來她開始去看心理醫生。」

「現在呢？」

「她現在還是單身，但不再去盲目相親，很明確的不想進入職場而是兼兩份差當店員因為這樣時間比較彈性可以每兩個月排班出國旅行，雖然可惜了那筆差兩年就可以領到的退休金而且待遇當然也沒有以前好，不過她現在看起來整個人精神很多。」

「嗯。」

「不過這好像不是什麼好例子，只是我自己也不是什麼好例子就是了。」

什麼叫作好例子？莊嚴嗎？

回過神，我聽見李泓道說：

「你頭髮長到可以綁馬尾了。」

「你還記得莊嚴嗎？」

「誰？」

「好。」

六月，韓佩瑾的店開幕，我收到莊嚴傳來的訊息並且答應會去，可是結果我沒有。

但其實本來我是決定要去的。六月一號那天我吃過早餐綁好頭髮就出門了，只是不知道怎麼搞的，我一直待在春水堂裡，走不開，跨不出去那一步，也沒有撥通電話解釋；那天我看著那個總是坐在最靠近門口位置的中年男子，確實，非常具體的感覺到，再這樣下去，我好像會變成他。無事可做，無處想去，生無可戀。

我想活成那樣嗎？

搖搖頭，我回家，回房間，看球賽。

那天晚上莊嚴傳訊息問我怎麼沒去？我不知道該怎麼回答，只好已讀不回。

我想活成那樣嗎？

幾天之後，我開始在李媽媽的早餐店打工，純粹只是因為她店裡員工生病住院所以讓我臨時頂替一個月，就這樣，一個原本連煎蛋都不會的男人，開始想要學會做班尼迪克蛋，每天關店之後，我會拿出前天預買的食材借用李媽媽的餐檯練習所有我在書裡視頻裡看到的各式早餐料理。

「你學這些幹嘛？美而美又不賣。」

我媽說，但還是很感人的吃掉所有我的練習品，後來乾脆連她髮廊的顧客們也幫忙試吃。

「這個有加鹽嗎？」一個常客阿姨指著我煎的燻鮭魚問：「很好吃，我想帶回去給我的貓吃。」

我笑了起來，雖然她並不是開玩笑；我答應她明天會做無調味的鮭魚送給她的貓咪吃。

於是我才發現，自己好像很久沒有笑過了。

食療？

七月，我離開李媽媽的美而美找了一家自己很喜歡的早午餐餐廳工作，晚上還去上課學習如何手作麵包，每個星期固定一天去聽那家咖啡店舉辦的手沖咖啡講座。

「本來以為是平日下午的關係，講座裡都是老太太們，後來我才知道原來那是老闆專門為老人舉辦的樂齡講座，」我告訴李泓道：「第一次去超尷尬，不過現在好很多，認識幾個新的老朋友，我都會帶自己做的麵包給老太太們吃，因為我媽開始抗議每天早餐都吃我做的麵包很膩，就想說那不然帶去當大家的下午茶點心好了。」

「她們反應如何？」

「說很好吃，但可能只是因為免費吧。」

「搞不好其中一個老太太就是你未來的岳母。」

「又是我媽要你媽叫你來問我究竟要不要結婚？」

李泓道尷尬的笑笑，轉了話題聊起他們家剛認養的那隻狗。

「牠特別喜歡吃你做的小圓麵包。」

「媽的，原來你都拿去餵狗。」

「因為就這個狗能吃啊，其他都太鹹。」

食療。

秋天，我問李泓道：

「嘿，你記得春水堂那個中年男人嗎？連寒流都穿短袖短褲的那個。」

「嗯，怎樣？」

「我遇過他好幾次，他夏天沒有裸體，還是短袖短褲。」

「然後呢？」

「然後有一次我終於看到他開口講話，跟店員。」

「講什麼？」

「那是個春水堂還只是台中四維路上一家泡沫紅茶店的時代。我就聽到這一句，因為經過他們身邊也大概就兩三秒的時間，停下來聽好像也滿奇怪的。」然後不知道為什麼，那天走出春水堂之後，我沒繞過去歡迎哭泣的對面站著，而是走進刺青店，在胸口，留下第三個刺青，那是今年七月的事。

「你突然講這個幹什麼？」

我說：

「咖啡講座的老太太告訴我，有一家她認識的咖啡店想頂讓，問我有沒有興趣接手，她覺得我的手藝還不錯，應該把握住這機會。」

「聽起來不錯。」

「房子也不錯，小小的兩層樓平房，還是磨石子地板，整理得很不錯，就食物真的難吃。」

「那就接手啊。」

「可是我還沒有準備好。」

我以為我會這麼說，可是結果我沒有，結果我腦子裡浮現當年莊嚴冷冷的那句話：什麼叫作準備好？

冬天，我賣掉那台賓士車再把手頭上獲利的股票了結變現，把這筆金額換成經營一家早午餐店，店在隔年春天開幕試營運，而店名，取為七月出走。

當時，李泓道問我：

「為什麼叫作七月出走？」

「因為曾經有一年，我的人生差點卡關走不出來，是在那年七月，我才終於重新跨出第一步。」

我說。

我沒想到下一個冬天，會有個女生走進七月出走，問我同一個問題。

那是個很暖和的冬天，那天下午兩點鐘我一如往常走出廚房坐在店裡靠窗的桌邊喝杯咖啡歇一歇緩一緩從早晨就開始肉體勞動的疲累，這是開店以來每天我最喜歡的時刻，那是一種無可言喻的安定的力量，這家其實不怎麼賺錢的店很像一個錨，在沉浮過的人生中，穩住我；雖然偶爾我還是會想起那幾年游牧民族般的代銷生活，那種通常每隔兩年就換到新的建案繼續吹冷氣賣下一個建案的生活，那種從最初會驚訝房子不是蓋來安居樂業而只是一種名為投資的金錢遊戲、到最後很習慣金錢不是具體鈔票銅板而變成只是一串爾虞我詐的抬價砍價的華麗數字。

Easy money。

失實感。

勞動而踏實的生活真的有比較好嗎？偶爾我還是為此感到困惑，而當下就是這麼個時候，當**那個女孩**推開大門走進來的時候。

首先我注意到的是她短裙底下踩著白色球鞋的好看長腿，接著是她那張吸引人心的臉孔最後才是她們兩個女生，我聽見店員告訴她們供餐只到兩點而她們回答沒有問題，同時間我起身快步向前拿了點單走到她們桌邊，這殷勤的舉動讓我得到店員一個情緒飽滿的八卦眼神，得承認通常這時候我的反應確實是會繼續坐在窗邊不動。

「你有女朋友了。」

抬頭，我用眼神回敬他這一句，低頭，我看見**那個女孩**正在仔細研究我右手臂上的刺青，彷彿那個單字以及那串日期數字有個故事並且正在對她訴說；那是毫不設防的眼神，彷彿直球對決般的眼神，她的眼神，以及，她這個人。

看著我的右手臂，她開口說：

「那是英文嗎？」

「嗯？喔，希臘文。」

「什麼意思？」

「快樂。」

「那天你怎麼了？四年前的七月三十一號，對吧？」

對。

那天我以為我很快樂，或者應該說是，我覺得自己應該很快樂：開好車子賣好房子賺好多錢，我終於開始知道怎麼對付這個現實生活，終於知道該怎麼正確的活，活得像個正確的大人，所謂的大人，而那在我的心中，的確曾經是個事情。

我在心底飛快的閃過這些，但實際開口時我只說：

「那是我生日，三十歲生日。」

「所以你三十歲那年的生日願望是快樂？」

我語塞，沒想過這個問題，也沒被這麼問過。

同時她朋友做了個深呼吸，快速轉移話題：

「我要一杯卡布其諾和布朗尼謝謝。妳呢？」

她接過這招暗示，神情很像正在接受巴夫洛夫制約反應的狗那樣，注意力重新回到點單，我忘記她點了什麼？滿腦子還是那個問題：所以你三十歲那年的生日願望是快樂？

她們正在聊起這裡的以前，從對話聽來她們的童年是在這裡生活，而她們好像是國小同學，她們聊起國小時候的一些人一些事還有那個我每天開店時會經過的老舊社區。

「我簡直不敢相信我家以前那個破房子還有人住。」

那個女孩說，而她朋友則說：我小時候的家現在變成停車場啦。

然後她們笑，笑裡，那個女孩語氣平板的說了一句：我記得小時候很討厭那個房子，沒想到今天重回舊地，才發現居然還是很討厭。

「居然還是很討厭。」她說。

後來，她們換了個話題：

「嘿，要不要來打賭？下星期她又會再次提到許正程。」

「我賭會。」

「我也賭會，好吧，那賭局不成立。都幾年了。」

都幾年了。當我經過她們桌邊走出店門外出辦事情時，她說的最後一句話是這個，嘴角帶著微笑但眼神卻像是在哭泣。而當我回到店裡時，她們則已經離開。

後來我才知道，那時候她正在失去一段友情，而她的名字叫作葉晴。

直球對決。

七天之後葉晴再次走進店裡，還是穿著短裙但是換了雙黑色球鞋，而這次她身邊不是上次那個女生，我猜就是上次她們打賭的那個對象，因為許正程這名字反覆被胖女孩提起，不是我故意偷聽，而是胖女孩嗓門實在很大。

大嗓門說：

「要不要約林智剛？妳約啦，妳約他就會來。」

「要約妳自己約，妳幹嘛每次都這樣啊？都突然約，都要我約。」

大嗓門沒有理會葉晴話語裡的情緒，大嗓門只是開始拿起手機約人。那個叫作林智剛的年輕男生在五點左右走進店裡，距離關店前一個小時的這種時間出現別說是店員就連我自己也很賭爛，所幸那個年輕男生沒看點單就直接喊了杯黑咖啡，同時拉開葉晴身邊的椅子坐下，還把她原本擱在那張椅子上的包包順勢拿開，拿到自己身邊。動作自然流暢得像是情侶。

「那應該是她男朋友。」

店員在我耳邊私語，而我低頭煮咖啡，悄聲：

「也可能是前男友。」

直球對決。

黑咖啡端上桌時，我聽見那個年輕男生正在說：

「妳上次出的那本內容空洞的書——」

打斷他，葉晴挑釁反問：

「我出版了非常多內容空洞的書，你指的是哪一本啊？」

年輕男生語塞，而我放下咖啡在他面前，轉身，給了店員一個情緒飽滿的眼神，回到吧檯，我傳訊息給店員：那不是她男朋友，也不是她前男友。要不要來賭？

賭局不成立，但是對峙的尷尬氣氛還是很濃厚，在這濃厚的尷尬氣氛裡，大嗓門很有勇氣的轉移話題聊某一次花蓮的旅行。

「對，你們大二那年去的花蓮，面海的民宿，那時候施瑋還在施媽的肚子裡，現在他十歲了，小三。」

葉晴總結似的說，是那種每個人不管幾歲面對媽媽反覆的嘮叨時，都會使用的扁平簡短語氣。

直球對決。

他們的話題已經從幾天前的花蓮大地震聊到即將的農曆年，不知怎的，我開始分心想起我們那群人最後見面的那次。我們多久沒見面了？我們為什麼好久不見了？外婆在彼岸好嗎？會掛念我們嗎？不用掛念我們了，好嗎？聽說往生之後都會有個使者前來牽引亡者過渡到彼岸、讓亡者安然面對自己已逝的事實，不知道牽引外婆的人是誰呢？而到時牽引我的人又會是誰呢？

「老闆。」

回過神來，年輕男孩正站在櫃檯前示意著結帳，低頭找零時，我聽見他們正在討論要去哪裡續攤聚餐，抬頭，我看見大嗓門正在說：

「讓林智剛送妳回家就好啦，幹嘛搭公車回家。」真的，大嗓門接著說：「好久沒看他送妳回家了，很懷念。」

好久沒看他送妳回家了，很懷念。這句話不知何故觸動了我，一種，無以言喻的痛。

疼痛。

那天晚上關店之後，我以為我會再次繞去歡迎哭泣。

那天晚上關店之後，我的確又再一次繞去歡迎哭泣。

只是這次，我還是站在馬路的對面，走不過去。

走

掉

走出那個循環。

春天，同樣是下午兩點鐘，當我端著咖啡走出廚房時卻看到葉晴就坐在我總是坐著的那個位子上，而這次，她對面沒有坐人。

「嘿，老闆，佔了你的位置，可以吧？」

「可以啊。」

我回答，然後笑了出來，雖然我也不知道自己在笑什麼。我問她：

「妳是作家？」

「呿，就知道那天你一直在偷聽。你記得我？」

記得，也記得妳的腿，很養眼。

「所以妳真的是作家？」

「出版社編輯。」依舊是直球對決的風格，她爽快的又說：「不過現在不是了，前陣子離職了。」

「為什麼？」

「人生嘛，」連笑容也是直球對決般的爽快風格：「學會失望，你就學會人生。」

「是個道理。」

是個道理。

後來，她開始變成一個人來，大概是一周一次的頻率，固定總是在星期四出現，她總是在廚房打烊之前就坐在我店裡窗戶桌邊，總是吃一份班尼迪克蛋套餐，就這麼待到我們關店，有時候來晚了，她也毫不在意的就坐在我的對面，聊天；漸漸，我開始覺得我們好像變成朋友。而那是個夏天。

夏天，她看著我左小腿上的心跳刺青，問我：那是什麼意思？

「該不會又是你某年的生日願望吧？」

「不是生日願望，」大概是被傳染了，我也直球對決般的說：「而是撥出那通電話的那天，我緊張到心臟幾乎要跳出喉嚨，我相信我的心臟就要跳出喉嚨，而隔天，我走進去刺青，請師傅幫我記錄下這個心跳頻率。看起來有一百五嗎？」

「我沒看過心電圖所以不知道，不過起伏的確很高，但最後靜止了？」

「但最後靜止了，」我同意：「心跳是還持續著、那是當然，不然我現在怎麼還活著？不過那份心情，已經死掉了。」

那份，以為我們終究會從朋友變成情人的心情。

那是我人生中第一個刺青。我說，接著我提起陽明山也提起他們，提起那段不知所措的青春年歲，提起我是怎麼逐漸透過旁人的眼睛看見真實的自己：原來我在別人的眼中，不是我以為的那個樣子。再慢慢，年歲漸增，透過自己的眼睛，拿回原來的自己。

我不只是你們看到的那樣。

最後，我還是提起韓佩瑾，還有那些，每個，我們錯過愛上彼此的，瞬間。每一個瞬間。

當時並不知道，但是後來卻都記得。黏在記憶裡，溼溼的，黏黏的。那些。

我記得第一次見面時，她的眼底有光，而那，是我愛上她的第一個瞬間。

我們錯過愛上彼此的，第一個瞬間。

凝望我的左小腿上曾經的心跳頻率，葉晴說：

「或許在你交往過的女生裡，你最愛的是她也不一定吧。」

「我們沒有交往過。」

「你知道我意思。」

我的確知道。

「或許吧。」我說：「不過，也可能只是想遮掉被狗咬的疤痕而已。」

「最好是。」

最好是。

妳記得那一年

葉晴

那是李秉穎第一次也是最後一次聊起韓佩瑾，於是妳才發現：其實每個年代的愛情都是一樣，誰愛上誰被誰愛上誰不愛誰誰不被誰愛上誰遇見誰誰又錯過誰，或者，誰辜負了誰。

你們在那年秋天開始交往，而冬天，妳在陽明山的溫泉旅館裡親吻著他身上那人生中的第三個刺青，妳覺得那很有意思，像是一段人生，也像是一場愛情；那是從他胸口中央心臟高度往下延伸的阿拉伯數字刺青，起點是肚臍上面的數字1，而終點是0，就停留在胸口的正中央，十個阿拉伯數字說完人的一生，每個人都是由母親的臍帶開始與這個世界產生連結，然後誕生，然後長大，累積延伸，1234567890，最終不論貧富貴賤，每個人同樣都因為心跳歸零告別這個世界。

很哲學。

妳在心底亂七八糟的囉嗦了這些，但結果妳什麼也沒說，妳這幾年開始意識到自己總是脫口而出這毛病，妳在那一年開始刻意練習不必什麼事情什麼心情都說出口，妳吃過虧。

妳只是反覆親吻著他胸口的數字0；閉上眼睛，妳想起最初遇見他的那天，那天妳並不知道自己正在失去那段友情。

「嘿，要不要來打賭？下星期她又會再次提到許正程。」

那天妳的確說了這句話，語氣刻薄到覺得自己應該向全世界道歉。

妳記得在說這句話的當下妳很失望，對於身處那段友情中的自己失望：妳真不是個朋友。

最初妳們的確是朋友。

讀同一所大學是妳們認識的原因，雖然不同科系但是同在系辦打工則是妳們變成朋友的起點；那時候施媽還只是系助，新婚不久還沒懷上施瑋，那時候根據非正式的女生調查結果、林智剛是全校男生的前三帥，而妳大概是第一個直接告訴他這件事情的女生；那時候林智剛在婚紗店打工當攝影助理或許幻想自己以後能拍電影，那時候如果不是妳已經有男朋友，或許妳會愛上他也不一定，那是年輕女孩們都喜歡的長相，不用假裝沒有這回事。

那時候她在妳眼中美好得像朵白雲：天然呆，好相處，有義氣，很耐心，嗓門大。她和妳簡直就是完全的對比。性格天差地遠，但奇怪的是卻非常互補，妳們很快就變成好朋友，自然得就像是命運的一部分。

立刻可以想起的回憶是大一那年冬天妳落枕，嚴重到連穿內衣都有困難的那種程度，那天妳把這件事情當成笑話說給她聽：

「還好現在不是夏天，不然我可能會激突。」

「妳真的沒穿內衣就出門？」

她驚訝死了，並且在午餐時間騎機車載著人生地不熟的妳去針灸治療。於是妳才知道，妳應該在落枕的第一天就告訴她這件事情的，白白僵了三天脖子，真白痴。

當然，妳也有過這樣仗義出手的時刻，只是次數，真的沒有她多。妳那麼粗心大意呢、畢竟。

那是大二那年的夏天，妳早上沒課又前晚熬夜晚歸所以還在宿舍昏睡，昏睡中妳的手機響起，隔壁宿舍那個在大學任職的大哥告訴妳、她在去學校的路上出了車禍，可是他此刻得趕去打卡上班，是不是妳可以過去幫忙處理？

下一秒妳狂奔出門。

妳明快的抵達現場接著檢查傷勢，然後報警以及通知她的家人，幸虧妳之前發生過兩次車禍，這事妳算是上手：不能移動傷者，不要破壞現場，之類的。還好她是本地人呢，妳記得在打完所有應該打的電話之後，妳居然分心想起這件事情，妳真是莫名其妙；當她的父親趕到現場時妳已經和處理交通事故的警察做完筆錄，但接著簡直就是場鬧劇：當確定她沒有生命危險只是有些傷勢還需檢查而你們同時鬆了口氣開始處理善後時，你們找不到她的機車鑰匙好移動機車，你們一老一少手忙腳亂滿頭大汗的找了半天之後，才驚覺車鑰匙從頭到尾就插在機車上啊。

「不然咧。」

「我居然猛往她放在車廂裡的包包找。」妳回過神來忘記分寸的說，然後學她父親：「一直就在鑰匙插座裡啊，不然咧？」

你們從原先驚恐的情緒裡釋放開來轉而誇張大笑，嘲笑彼此的愚蠢，沒有輩份的差別，不會被斥責真是沒大沒小目無尊長；當晚妳和同學們去醫院探望她時把這畫面當笑話講，妳其實不應該在她面前這麼講，她事後檢查發現鎖骨骨折，妳害她那晚一笑就痛。

那晚妳有點羨慕她有這樣的爸爸，可以和家人好好相處，才不像妳的，白天工作憋了一肚子悶屈，回家後開始喝酒借酒裝瘋發洩情緒，成為孩子們的童年陰影。

恐懼。

而林智剛也有這樣的爸爸，那晚在醫院外的自助餐廳裡，你們一起吃著遲來晚餐敞開心房，聊起這些那些通常不會告訴別人的事情。

「我都不敢跟朋友說我爸是個酒鬼而且喝醉了還會打我媽，我覺得很丟臉。」

這不是你的錯。一般人大概會這麼講吧，電影裡就曾經這麼演，然後主角們會心領神會相擁而泣，接著因此擁有一段美好的友情或者特別的愛情。但妳大概真的很不一般也很不電影吧？於是妳當時講的是：

「我講過一次，結果對方反應讓我很受傷，她很驚訝我們家小孩居然沒有因此行為偏差，我還真得從課本裡找找這是什麼邏輯。」

妳笑著說，妳的確曾經是個在說笑話之前自己就會忍不住先笑的女生。

「所以我們家小孩該為自己沒有變成行為偏差的大人感到抱歉嗎？」

「那聽來很傷人。」

那的確很傷人。

「後來我就跟她絕交了，那是我八歲那年的事情，十年前吧大概。」

妳開著玩笑邊說邊笑，把刺進骨子裡的疼痛當成笑話講啊，這麼一來痛就好像可以比較事不關己。

學會哭泣，妳就學會微笑。

那時候妳們的確是朋友。

銷骨留下的痠痛纏了她很久，每當天氣轉溼她的銷骨就會預先疼痛，而許正程留下的傷也是。

花蓮那次的旅行妳沒去，那時候施瑋還在施媽的肚子裡，三足月，剛是可以公開喜訊的時候，那是你們升大三那年的暑假，那個暑假妳忙著留在台北努力挽回那段搖搖欲墜的愛情，妳的努力到了冬天終究是白費，他愛上妳最好的朋友，就這樣。雙重的背叛像是巴掌分別打在妳的左右臉，妳想起聖經上的那段文字：

當別人打你的右臉，就把左臉也轉過來給他打。

於是妳才知道，原來被打臉的感覺是這樣，原來現實中的第三者並不只是戲劇裡會演出的那種典型外表，往後妳會在小說和電影裡看到類似的情節，往後妳會在現實生活中聽到很多很多相似的情節，妳搞不懂這種老套的情節究竟是為何在很多人的生命中重複的上演？妳只知道每當妳再聽一次這情節妳就會感覺自己又因此老了一點點。

「是誰先開始的？」

很荒唐，當時妳最先問的居然是這句話。

其實後來妳想知道的，也就這件事而已。

就這樣。

妳原本預設的甜蜜聖誕節變成只剩下妳自己一個人，妳當時以為再孤單也不過就如此：妳是有個家可以回去，可是妳不想，妳其實並不屬於這座城，可是妳出生並成長的那城曾經充滿你們的戀愛符號，而如今正在被妳最好的朋友取代。

妳躲在只剩下一個人的宿舍裡，看著燈光下的陰影，真心為自己感到難過。

而當時陪妳度過這情傷的人是她。

她邀請妳去她家吃晚餐過聖誕，而且還有交換禮物的那種，妳忘記指定的禮物金額是幾百，妳記得那天自己很不經心的就在路過的便利商店順手買，妳這個人啊。

那是妳第一次看到她和許正程。

他們是家住附近的國中同學，感情好到可以直接走進對方家裡廚房打開冰箱拿飲料喝的那種程度，感情好到以兄妹相稱，那天她家裡擠了好多好多人，她的一大群國中同學，但妳特別記得許正程，可能是因為他的外表他的氣息甚至是他說話的方式或者是他挑眉的角度，妳真不想承認他和妳前男友真是相像，他們其實都是同一種男人，都長著一張讓人會輕易就原諒的臉。

那晚，妳在他和她的互動中看到了一些愛情的細節。

往後回想，妳真是但願自己沒有告訴她那句：

「你們的互動好像是情侶。」

那時候妳們的確是朋友。

而陪她走過那段情傷的人，也是妳。

他們相戀但不公開，妳不明白這是怎麼回事，可考慮到妳自己的上一段感情，在分手之後還得面對那群共同的朋友，那種大家都心知肚明卻又要假裝沒這回事的難堪，想想，妳又覺得是個道理。

「我覺得那好像在偷情，很刺激，我們大家在唱KTV，許正程傳訊息給我而我回訊息給他，我們就在同一個包廂裡互傳訊息，可是他們都以為我們是在跟別人傳訊息。」

她快樂的說，而妳覺得這當中有個什麼不對，妳其實覺得不太舒服，可能是偷情那兩字眼悶悶的刺痛了妳。妳什麼也沒說。

「他休學去台北工作，住在他姐姐家裡，要我畢業後也過去，可是我不想離開家裡，我的朋友都在這裡。」

她煩惱的說，但這煩惱沒有延續到妳們畢業。

許正程在台北愛上了他工作上認識的女生。

「他先打電話告訴我這件事情，然後帶新的女朋友來。」

就在同一個KTV裡，或許還是同一個包廂也不無可能，他快樂地介紹新的女朋友給大家認識，她心酸的聽著大家喊那女生為大嫂，彷彿他倆曾經交往過的這件事情，被輕輕淡淡的抹去。

那年冬天你們去谷關泡溫泉，妳大概可理解那種心情，本來，他們約好了冬天要去泡溫泉；交通是個問題，她不敢搭公車，而妳們沒有車，所以妳約了林智剛一起，目的是要他開車當司機，因為四人房型比較貴，所以訂了雙人房加床。

「司機還要睡地板的床墊，好可憐。」

妳說，然後開始笑。

你們那晚喝掉很多酒，她跑去馬桶嘔吐的時候，妳熟練的幫她拍背撩長髮，最後之所以關燈睡覺，不是因為疲憊，而是因為半夜還要出門買酒喝太麻煩了。

隔天，退房之前，你們把喝掉的酒瓶排成一列當作背景拍照紀念，照片裡三個人不可思議的看起來神清氣爽元氣十足。

青春哪。

那時候妳們還算是朋友。

畢業，妳回台北，如願面試上出版社的工作，而她則留在家鄉，那裡有她所有的朋友，她依舊聊著許正程，說起他倆藕斷絲連並且抱怨他的女朋友對自己敵意好重居然有她出現的場合女朋友就要擺臭臉鬧脾氣，搞得朋友們都好尷尬覺得這女朋友這樣不行。

「妳覺得她真的什麼都不知道嗎？」

妳很納悶，但妳也沒說，妳生活的重心開始變成是工作，妳往來的朋友變回以前在台北的那些；妳和她還是保持聯絡，但不再是經常見面的朋友，有些時候距離的確是個事情，有時候她還是會北上來找妳玩，她的話題還是離不開許正程，慢慢，妳開始想要計算，究竟在多少咖啡店裡，妳坐在對面聽她提起許正程。

但有一次例外。

她提起他們的另一個國中同學，他在那年奉子成婚，是他們班上最早成家立業的男人，那個男人在婚前突然跟她告白，其實他喜歡她好久，可是怎麼卻一直錯過呢，好遺憾。

「聊完我們就連夜開車到墾丁，好浪漫。」

「婚前恐懼症。」妳想說：「一想到結婚之後就不能再有戀愛自由權因為被逮到的話可是會觸犯民法的，所以心情突然很慌張然後想要趁著登記之前再談一場小小的不礙事的羅曼史。」

妳聽過遇過看過讀過，妳很想要說在不久之前才聽過類似的情節：某個女生熱戀中，情投意合，可接著卻驚訝的發現男友的前女友懷孕了，她好生氣，指責前女友死纏不放，還故意懷孕。

妳直白地指出其中不合理之處：首先，懷孕這事沒辦法單方面執行，或許分手只是單方面的說法，所謂的前女友根本就還是那男生的女朋友。妳很快就激怒了這個女生朋友，後來妳才知道，原來妳當時應該做的，只是陪著罵上幾句，像個朋友那樣。

於是這次妳沒說，吃一次虧，學一次乖。

於是妳才知道，原來在大人的世界裡，房間裡的大象之所以存在，不是大家說不出真話，只是不想傷感情。有時候還會因此被討厭呢。

而妳沒被她討厭。後來她開始抱怨那位人妻對自己敵意好重居然有她出現的場合就擺臭臉，搞得朋友們都好尷尬覺得這個太太這樣不行。

那時候妳們還算是朋友。

「有時候我會覺得精神分裂。」妳把這些心事告訴妳最好的朋友：「她其實還是當年那個天然呆，好相處，有義氣，很耐心，大嗓門，而且她真的是個很好的朋友，寬待我所有壞脾氣和愛刻薄還有其他的，我爸診斷出癌症的時候她還特地提了滴雞精來看我，我想我還是很愛她的，只是我真寧願她從來沒有告訴過我那些事。」

「這代表她把妳當成最好的朋友啦。」

「你們這些心理醫生還真是話術都相當高明呢。」

「比不上那些直銷。」

「比不上那些政客。」

「光就外表來看，妳的確比她更像是小三的長相。」

「好了啦。」

「所以，妳最近喜歡上的那個男人結果如何？」

「結果他有女朋友了，大學班對，穩定交往中，真想橫刀奪愛，妳覺得我該橫刀奪愛嗎？反正他們又還沒結婚。」

「妳覺得呢？」

「我覺得把問題丟回給對方的話術的確相當高明。」

「滿好用的，推薦給妳。妳爸還好吧？」

「化療中，不妙。」

「嗯。」

「妳知道嗎？我一直以為我很氣我爸，很早就決定如果他老了病了我才不要理他，好幾次還詛咒他乾脆喝酒喝到死掉好了；可是結果親眼看著他在醫生面前哭到鼻涕都流出來的說自己都有好好聽話啊戒菸戒酒啦為什麼癌細胞又轉移了？沒想到我居然還是覺得好難過。他不是個很好的爸爸，但他也沒有很好的爸爸，他沒有過過什麼好日子。」

「趁有機會的時候抱抱他吧。」

「那太怪了，我家不來那套。」妳說：「不過我有牽著他走路，因為他開始不太能走了，他的皮膚好乾，可能是因為化療。」

妳的父親在那年夏天過世，八月九號，如願度過他人生中最後一個父親節，彌留之際，家人環繞。妳會驚訝的：很多人活到了最後，最後的願望，就只是這樣而已。回到家，而家裡，有盞燈亮著，有人在守著。

那一年妳覺得自己好像也應該結婚了。可是妳沒愛到那個妳很想嫁他的男人，那個和女朋友是大學同學穩定交往中的男人，後來他們依舊穩定交往，依舊分隔兩地，依舊沒有結婚的打算；有時候妳難免還是會想，如果那年妳勇敢了告白了橫刀奪愛了，那麼一切，是不是就會不一樣了？有時候妳的確會這麼想，有時候妳甚至會想，或許在遇見過的那些男人裡，妳最愛的是他也不一定吧？可是沒愛過，哪知道？

每當妳發現自己又這麼往死胡同裡想的時候，妳就出門散步。這是他教會妳的事情：運動有益身心。妳沒愛成這個男人，但妳得到了一個很好的習慣。

妳也沒有嫁給那個很想娶妳的男人。他出現在妳最想結婚的時候，那時候有人演出敗犬女王，有人唱起大齡女子，有人告訴大家初老的徵兆，有人直接表明這世代的年輕人不婚不生根本就是種犯罪的行為，會導致人類毀滅。好個友善的社會呢。

那個男人就出現在這些標籤眼看要往妳身上貼的生理年齡，他家世好，教養好，工作好，對妳好，展開明確又周到的追求過程，還直接表示這會是以結婚為前提的交往，完整得像是孔雀開屏，繁衍表演。

你們約會過幾次，但總是好像少了點什麼，緣分或者費洛蒙，之類的，於是妳禮貌的說謝謝他禮貌的說再見，變成只是彼此臉書上一個好友名單；很快，他遇見下一個女生展開下一次追求，照表抄課，複製貼上，開花結果，順利繁衍。

「我只是個結婚候選人嗎？」妳把這個心情告訴妳最好的朋友：「我很確定自己並不遺憾沒嫁給他，就奇怪在臉書動態看到他開心宣布結婚訊息時，還是覺得有點不是滋味。被剝奪感還是酸葡萄心理？」

「被剝奪感。與其說是結婚候選人倒不如直接說是基因候選人好了。他真的買卡地亞當婚戒？」

「而且老婆如果懷孕了還會送愛馬仕當禮物。妳念醫學院畢業，想必在基因市場也很熱門吧。」

「或者婚姻市場。」她嘆了口氣：「但男人通常喜歡傻白甜，不過這也沒什麼，就像女人通常喜歡高富帥一樣，互不相欠所以不用吵架。」

「妳真應該寫本書的。」

「妳現在是在跟我邀稿嗎？」

「沒有，我下班了。」

「好吧。」

好吧

。

隔年，妳升上主編，開始擁有邀稿選書的權力，妳投入更多心力在工作，開始出版很多本書籍處理一堆問題，經常認識新的朋友有時候不回家睡，手機總是響個不停，催稿，計算，排行榜，眼看他人起，眼看他人落，眼看出版市場隨著唱片隨著綜藝節目好像真的變成夕陽工業；網路時代來臨，消費模式改變，幾年前還不存在的行業開始變成熱門的夢想職業。

世界一直在變。

同時，林智剛從那家以高顏值店員聞名的風格咖啡店離職，轉而應徵上廣播電台的行銷企劃，堅持手寫文字再敲鍵盤輸入，堅持守住老派作風，跟他的外表完全反差。

「你這樣錯字會很多喔，因為眼睛看著手稿而不是電腦螢幕。」

妳由衷的提出建議，但是他才不管，反正他此刻想聊的也不是這個，他說：

「我爸媽終於辦離婚，真是難為他們彼此折磨了半輩子，我和我哥真是極端的反例，同樣是不快樂的成長過程，但結果一個因此想要擁有自己的家庭也很快就建立自己的家庭，但另一個卻極度恐懼婚姻。」

「我猜你是恐懼婚姻的那個。」

「嗯。我當叔叔了。」

「恭喜。」

「不如——」

「不要。」

「妳又知道我要講什麼了喔？」

「三十歲都還單身就結婚的鬼話嗎？」

「我本來想講的是四十歲。」他邊說邊笑：「只是老了看誰先倒下就幫誰推輪椅曬太陽。」

「我不想幫你推輪椅。」

他給了妳一個眼神，換了語氣，說：

「反正我也不想變老，如果可以的話，我想要瞬間就死掉，不拖不磨。」

「你的狗還好嗎？」

「我的狗很好，正在活潑的變老。」然後，他收起了笑容：「我已經簽了器官捐贈同意書，也決定好要海葬，畢竟我小時候是在基隆長大。妳有緊急聯絡人嗎？」

「目前是我弟。」妳說，然後問：「你怎麼了？」

「我媽。」他想了一下，才決定說：「我媽交了新的男朋友，搬到桃園去，所以我算是沒有家了，過年我不想去她家圍爐，我又不認識那男的，也不想叫他叔叔。」

「你可以去女朋友家。」

「我沒交過女朋友，都只是偶爾做愛的朋友。」

「而且你也沒有腳，就只能飛啊飛，累了就在風裡睡。」

「《阿飛正傳》，我們出生那年的電影。好，我知道我講過很多遍了。」

「存在焦慮。」

「存在焦慮？」這話他想了想，無解。「二十幾年前的電影我還記得還會重看，但二十幾年後還會有人記得我嗎？」

「去當個爸爸就可以，你的小孩會記得你，不管你是怎麼樣的爸爸。」

「聽起來是個道理，但問題是我並不想要當任何人的爸爸。」

「你不必活在你爸媽的童年陰影裡。」

他看著妳，紅了眼框。妳繼續說：

「他們帶著各自的童年陰影長大成人走進婚姻，因為忙著生存所以沒去想過這件事情，然後他們為人父母，把自己的陰影投射在你們的童年裡，可是你可以不必活在那裡。那是他們的陰影，不是你的。」

沉

默

「我還真沒想過我爸媽也有小時候。」

「是啊，我也是這幾年才開始想到這件事情，死亡會把每個人都變回孩子。」

「不知道我爸小時候是怎麼樣的人？知不知道他長大後會變成那樣子的人，

變成他兒子的童年陰影，嚇得不敢結婚生子。」

「你還是個很好的基因候選人。」

「什麼基因候選人？」

「沒事。」

反正不到下一個農曆年，林智剛再一次轉行，專心考取證照，一心以為當個室內設計師就可以賺到很多錢；還在飛行的鳥，還沒學會怎麼落地，只能飛啊飛的，累了就在風裡睡。

妳開始失去那段友情。

她也還在飛，另一種飛行，在原處繞圈圈，飛不出去，也不飛出去。

「許正程去香港了，跟他姐姐一起學做金融，他女朋友也跟去。」

「怎麼還在聊許正程啊？」

妳脫口而出，而她愣住，大概是反應不過來，只好自顧自把原本就準備好的話說完：

「一定是他女朋友硬要跟去，許正程說他才不要娶她。」

「我國中同學也講過類似的話，說他絕對不要娶那個壞脾氣的女朋友，」妳想叫自己閉嘴，可是結果妳聽見自己繼續在說：「然而我們上個月同學會時他和女朋友已經快樂的拍好婚紗照正準備要去試吃喜餅，那天晚上的聚餐他在禮貌詢問我們參加喜宴的意願。」

她臉上難過的表情讓妳覺得自己剛才像是說了一長串髒話。的確，妳這話很不中聽。妳道歉：

「我外婆最近病危了，我媽白天都要去醫院照顧她，所以我家裡最近亂成一團。」

「妳一定很難過。」

不，實際上妳不怎麼難過，實際上妳外婆跟妳們並不親近，每次見面好像只是把妳們當成客人，有血緣關係的客人，很禮貌可是很疏離，經常還會跟妳們說謝謝；可能因為妳們是外孫不是內孫，因為她對妳阿姨們的子女也這樣，就唯獨妳小表弟她倒是視如己出，視如己出到當年妳小舅媽離婚時外婆還堅持要打監護權官司。妳還真不好意思說出這一些。

「所以聽來每個人都有個很慈愛的外婆是嗎？」妳很想要這麼說，但妳有忍住沒說，妳還忍住沒說當外婆發出病危通知時家族裡那些長輩們的第一個反應是吵架，為所有的一切爭吵，吵到在醫院裡的便利商店裡掀桌子。那些長輩啊，看了真教人失望。

妳什麼也沒說，妳只說：

「還好啦，我外婆今年八十七歲，算長壽了。」

「她一定沒事的啦。」

「謝謝。」

「妳好像沒有跟我說過謝謝。」

妳最好的朋友指出這一點。

「妳好像也沒跟我說過謝謝。」

「我好像也沒跟我媽說過謝謝。妳外婆還好嗎？」

「居家安寧中，倒是我大舅先走一步，非常乾脆死掉。」

「心肌梗塞還是腦溢血？」

「好像是胃癌，總之聽說那幾天他肚子痛到沒辦法下床，生命中的最後那天早上突然好轉沒事般的走下床自己去街上買了杯飲料喝，所以他家人以為他沒事了，誰想到晚上回家時就發現他斷氣了。想來那大概是上帝送他的禮物。他生命中發生過的最後一件好事就是自己走去買了杯飲料喝，喝完。」

「沒去看醫生？」

「他這輩子大概沒看過醫生吧。」

妳說。

妳開始說起對這位陌生大舅的印象：小時候覺得他溫溫的悶悶的，不像家族裡那些老是在吵架或者愛說教的大人們，有一次他還買了一串養樂多給你們喝，雖然長輩們都說絕對是妳記錯了；長大後妳看到的他卻是髒髒的畏畏縮縮的不工作不顧家不面對現實，總是騎很遠的腳踏車去妳家為的只是喝一杯水抽一根菸討個兩百塊，而其實那麼一點東西根本就不值得那麼久路程，而且還是騎著一台破破爛爛的腳踏車。或許他只是想見妹妹一面聊幾句話？

不曉得。

妳曾經在小說裡讀到一個角色很像他，是有個家但不愛回，是有新衣服但不肯穿，需要現金就去撿回收換幾個銅板，夠用就好的那一種，把自己活成一個流浪漢；那種不被世人理解的苦，那種學不會適應這世界的，逃。

「聽說他以前不是這樣子的人，很愛乾淨，工作努力，得長輩疼，就搞不懂他後來是怎麼了？從人生中敗退下來。我媽不肯講。」

妳媽媽不肯講的，還包括妳外公的死因，在大舅的告別式上，妳意外得知原來妳的外公是喝農藥自殺，那年妳媽媽八歲，躲在窗戶旁邊目睹這一切。才八歲大的她一定嚇壞了。

「大人都是怎麼開始壞掉的？」

「妳是擔心林智剛嗎？」

「他的確是有逃避現實的傾向，總說著想要活在電影裡，尋找一個所謂的永恆。他說今年不管有沒有考上證照，反正秋天房租到期之後他想先開車去環島而且就睡在車上，體驗流浪的感覺。」

「他開休旅車嗎？」

「想結婚生小孩的男人才開休旅車。」妳試著開玩笑的說，但是並不怎麼成功。妳說：「GOLF。」

「願天保佑他。」

「願天保佑他，」妳同意，接著坦承：「其實我是擔心我自己。」

「嗯？」

「前幾天我發現自己正走去公司頂樓，突然我的手機響起，有個廠商打電話來問我一些事情，回過神才驚覺自己好像正想要去跳樓。這樣算憂鬱症嗎？」

「妳要不要來看診？或者我幫妳推薦幾個心理諮商師？」

「憂鬱症會不會家族遺傳？我從小就覺得自己有一點奇怪，總覺得和這個世界格格不入，看到的和知道的都不一樣，可是大家又都覺得本來就應該那樣，所謂的人情世故和行禮如儀。」

「就像是房間裡的大象。我告訴妳的古老諺語。」

「對。」

「要不要出去走一走？」

「現在嗎？」

「當下，此刻。」

「好。」

那是妳第一次走進七月出走。

妳正在失去那段友情。

看到的和知道的都不一樣，房間裡的大象。

顏瑋良看到林智剛交女朋友，在補習班認識的女生，兩個人好像有想要穩定下來的意思，總之林智剛介紹那女生給他認識。

「這是我女朋友。」

他轉述林智剛說的這句話，真心為這此感到高興，而妳也是。

但語末，突然，他卻特別說了這句提醒：

「不要告訴她。」

「為什麼？」

「她在喜歡林智剛。」

「你幹嘛亂替她告白啊？」

「真的啦。」

他舉了一些例子提出一些證明，說明她覺得和林智剛之間的行為，就是一種交往。

「總之妳不要跟她講就對了，不然破壞感情多可惜，表面和平啦。」房間裡的大象，看到的和知道的都不一樣。行為模式，繞圈圈。

妳第二次走進七月出走的那天，她這次還是提起許正程，當妳臉色轉暗時又說了那句：

「要不要續攤約林智剛？妳約他啦，妳約他就會來。」

妳好想尖叫。

「要約妳自己約，妳幹嘛每次都這樣啊？都突然約，都要我約。」

她不知道妳聲音裡的情緒，也不知道其實大家都已經知道，而林智剛來了，完全沒提到女朋友的事情，所謂的完美平衡。

「林智剛送妳回家就好啦，幹嘛搭公車回去。」真的，她接著說：「好久沒有看到他送妳回家了，真懷念。」

真的，她天真無害的這樣說。她真的什麼都不知道？也不知道其實大家都知道？

在車上，妳問：

「你交女朋友了？」

「啊、那個大嘴巴，」林智剛嘖了一聲：「原來那時候他是打電話給妳喔。」

「你知道她在喜歡你嗎？」

「就朋友間的喜歡啊，不喜歡怎麼當朋友。傳傳訊息聊聊天，說起來我們不也這樣嗎？所以妳也在喜歡我喔？」

「你知道她在喜歡你嗎？」

嘆了口氣，林智剛說：

「知道，有感覺到那種想要從朋友變成情人的意思，一開始我也不知道該怎麼辦，因為是認識這麼久的朋友了也一直是這樣的互動可是突然被解讀成為是男女之間的曖昧一種交往的前奏，不明白為什麼會變成這樣，因為她沒有直說所以我也不知道該怎麼拒絕，就只好開始不再和她單獨見面。」

「所以她後來每次找我都會順道一提叫我約你？」

「我還以為妳知道。」

「不，我不知道。」

許正程和她共同的朋友也不知道。還是也都只是假裝不知道？

「妳知道她認為我和妳交往過嗎？」

婚前的夜奔墾丁呢？

「我不知道。我們有交往過嗎？」

男女之間真的沒有純友誼嗎？

「反正，我真的當她是很好的朋友，認識很久的朋友，我不想傷感情，因為越是長大朋友只會越來越少。」

「大人都是怎麼開始壞掉的？」

「什麼？」

「我們是不是終究都會變成自己小時候討厭的那種大人？」

「葉晴？」

「你聽過那個古老的諺語嗎？房間裡的大象。」

「什麼房間裡的大象？」

「房間裡有一頭大象，巨大而顯眼的存在，明明房間裡的每個人都看到知道，但又繼續假裝大象並不存在。最後大象越來越大，然後大家就被壓死了。最後兩句是我編的。」

「什麼爛故事。」

「很爛的真相。」妳說：「知道和看到的都不一樣。」

妳終究失去那段友情。

春天，妳離職，和兩個同事一個作家由職場上的朋友變成生活裡的朋友，不必計算利益得失的那種；妳沒去找妳最好的朋友看診，妳開給自己的處方箋是每天看一部電影，洗心情，有時候妳一個人去一場旅行，洗靈魂，妳重新恢復運動的習慣，並且開始注意飲食。妳還不急著找下一份工作，但是開始學德文，不是為了工作，不必什麼事情只是為了工作。

而林智剛考上證照，如願找到一家小小的室內設計事務所工作，起薪很少，工時很長，但人生好像開始找到方向，開始知道要往哪飛，慢慢學會怎麼著地。林智剛走出曾經困住自己的行為模式，但是她沒有。

顏瑋良結婚的那天，林智剛獨自去吃喜酒沒帶女朋友，也沒有人提起他有女朋友的這件事情，在那張大圓桌子的檯面上，唯一被公開提起的八卦是施媽說施瑋已經開始在偷偷喜歡班上的女生。

房間裡的大象。

妳生日，她提議慶生，妳高明的拒絕，說：

「我爸過世之後，我就不再過生日了。」

「那就當作一般的聚會好了，只是吃一個飯。」

她也高明的說，然後，又說了那句：要不要約林智剛？

夏天，換成她生日即將到來，她約妳要不去個哪裡旅行？不想要生日當天還得上班、應付那些場面的生日祝福，她只想跟最好的朋友一起安靜度過。最好的朋友。這句甜甜暖暖的話曾經一再打動過妳。

生日，壽星，最好的朋友。確實是不好拒絕由這三個名詞所構成的句型，而且人家不久前才幫妳慶生。然而隔天，又來了，她問說要不要約林智剛一起？很想要重溫那一年三個人去泡溫泉快樂喝醉的感覺。妳久違的開始想要尖叫。

那種錯亂感。

房間裡的大象。

「夏天去泡溫泉會不會中暑？」本來妳以為自己會這麼說，可是結果，妳說的是：「林智剛有女朋友了，這樣好像不太方便。」

「喔。」她語氣裡原先的期待開始剝落：「怎麼都沒聽他說。」

「怎麼大家都不跟妳說。」

沉默。

「妳真的覺得大家都不知道嗎？」

沉默。

「你聽過那個古老的諺語嗎?房間裡的大象？」

「什麼房間裡的大象？」

「房間裡有一頭大象，巨大而顯眼的存在，明明房間裡的每個人都看到知道，但又繼續假裝大象並不存在，最後大象越來越大，然後大家就被壓死了。最後兩句是我編的。」

沉默，還是沉默。

「我不想要在妳的劇本裡。」妳說，終究還是說了：「其實妳幹嘛扯到我呢？一直愛上好朋友的人又不是我，喜歡林智剛的人也不是我，還是說我在妳的劇本裡被安排了林智剛他女朋友這角色？好方便妳繼續演個第三者？」

沉默。

「是不是有一套劇本一直在重複上演？為什麼大家都覺得林智剛交女朋友了卻不可以告訴妳？這感覺是否非常熟悉？妳和許正程戀愛了可是你們不講，不知道為什麼覺得不可以講，然後就覺得別人也跟你們一樣都很喜歡搞曖昧；曖昧果真讓人受盡委屈啊，可是楊丞琳都已經從〈曖昧〉唱到〈年輪說〉了。或者妳就一直想要當個受害者？一直愛上自己的好朋友？重複上演那一年在KTV包廂裡的情節？妳要不要試看看走出那個行為模式呢？」

掀開。

炸鍋。

妳被掛電話。

知道的和看到的終於變成同一件事情。

妳被她討厭，還拖累林智剛變成個罪人，好可憐。

秋天，林智剛退掉租約決定搬到女朋友那裡，還不確定彼此是不是會結婚，但確實正往那個方向走去，飛鳥開始學習降落；在落地之前，林智剛利用連假排出七天時間給自己一個緩衝，體驗環島睡車上的流浪感，比較動人的說法是：探索內在的自己，面對真實的自我，傾聽內心的聲音。

每天他都會拍一段影片上傳視頻記錄流浪的體驗，而最後一天他選在土地公廟的旁邊過夜，視頻裡自得其樂的說道：

「多好，有神明保佑，又有水可以用，刷牙洗臉非常方便喔。」

妳想起那個畫面在某部電影也曾經上演，妳笑了，雖然他沒有如願當個電影明星，但居然意外走進電影畫面；妳告訴他那部電影，接著提起妳和李秉穎開始交往的事情。

你們話題裡不再有她，那是當然，因為你們都已經被她討厭。妳害的。

男女之間有純友誼嗎？

有的。妳還是想要繼續相信這件事情。

冬天，妳找到新的工作，在預定上班日期的某一天，妳想起那些傢伙在轉換人生跑道時那種忐忑不安的心情，他們選擇去做一些以前沒有做過而以後也不會再做的事情，有人選擇婚前告白得到一段小小的羅曼史，後來繼續和同一個老婆生下第二個兒子；有人收拾行李飛往香港之前，發出一通訊息：此後這個帳號將不會再被使用；有人繼續假裝沒事，帶著隱形的傷痕繼續找下一組朋友可能兩男一女或者兩女一男，繼續複製相同的行為模式，依舊，是大家眼中的好好小姐，好人緣，好相處，好形象。好個房間裡的大象。

人生不是一直裝沒事。

他記得那一天

林智剛

他沒想過自己會走進歡迎哭泣。

那是他流浪的最後一天，還有整個白天的時間，他完全沒有計畫好要做什麼事情，啊，這種脫離現實無所事事的感覺真是好啊，就可惜只有七天而已。真的要搬去和女朋友同居嗎？光是想像每天回家客廳沙發裡都會坐著同一個女人的感覺真微妙，每個月的垃圾筒還會固定出現使用過的衛生棉，而且假日還要一起吃早餐拜訪對方的爸媽假裝並不想要揍對方那些欠缺管教的侄兒或外甥，哇，真是光想就可怕，好想要逃跑，可是沒辦法他的狗已經早一步先搬去女朋友家住了。

人大概就是這樣一步步失去自由的吧？

正在看著土地公廟思考這個問題的時候，他收到葉晴傳來的訊息，說是他此刻人就在電影畫面裡。哪部電影啊？沒有聽過耶好啦晚上回家找來看一下好了。什麼有男朋友了？那天那家咖啡店的老闆喔？吼我就知道嘛那天他看我的眼神就猜到啦，那種想要把我從椅子上丟出店門口的眼神嘛可能以為我是妳男朋友吧好啦不要亂開玩笑了。什麼歡迎哭泣？

於是此刻他人就站在歡迎哭泣的對面。有夠難找的地方，有夠奇怪的地點，房子的地基居然比馬路還要低，經過時就只能看到磚瓦屋頂和半個大門口，店的招牌是有啦但就小小一個掛在大門的旁邊，講到那大門喔居然還得要往下走過一段長長的斜坡。

故意不想被看到的咖啡店是嗎？那幹嘛要開店營業啦？

他在心底嘖了一聲，他站在李秉穎曾經站過無數次的店門口，但不同的是他輕易就穿越馬路走下長斜坡拉開木長條拉門；通常會聽到的歡迎光臨他以為此刻會換成是歡迎哭泣，那一定很怪吧？來聽看看喔，結果他根本就想太多啦。

結果什麼聲音都沒有。

這是個相當安靜的大空間，首先他看到寬大的老宅裡有幾組客人全都像是預先約定好那樣全部都以非常安靜的姿態待著，其中一組比較稍微發出交談聲音的好像是正在上畫畫課的師生，他看不出來哪個是老師哪個是學生。的確是個滿適合被畫下來的空間啦這氛圍啊擺設啊什麼的。他想起自己小時候也曾經是個非常熱愛畫畫的孩子喔畫得很不錯喔國中念的是美術班喔。畫畫能當飯吃嗎？當然啊這話他也曾經聽過，所以高中就讀回普通班啦，可是結果現在咧？繞了一大圈現在他在畫室內設計圖。只有飯能當飯吃啦，有時候他可真想跑回去學校對著空氣這麼鬼吼咧。

想像歸想像，此刻他倒是非常文明的走向吧檯點一杯熱咖啡選一塊甜蛋糕找一個位子坐下，這七天下來他可是每天都用卡式瓦斯爐自己動手煮三餐喔，真沒想到回歸現實之後的第一餐居然是在這裡吃這個啊，晚餐來約女朋友吃麻辣鍋好了，雖然這個冬天不太冷。真的要一起生活嗎？

你終究得決定自己想要成為什麼樣的人。喝著熱咖啡吃著甜蛋糕坐在這個角落的位子，此刻他突然想起電影《月光下的藍色男孩》出現過的這句話，其實他並沒有看完整部電影，電影開始那種搖搖晃晃的拍攝方式總是會搞得他頭昏腦脹胃也跟著翻滾，他睡睡醒醒的把那場電影看得斷斷續續，然而電影結束之後，這句話卻非常奇妙跟著他走出電影院。你終究得決定自己想要成為什麼樣的人，別讓別人替你決定。

可是該怎麼決定？誰決定對錯？什麼叫作像樣的大人？誰不想要變成像樣的大人？沒有人會在小學作文我的志願裡寫下自己將來會想當個失敗者或者此後將會過著非常平凡的人生這種東西吧？現在的小學作文還有這種題目嗎？啊，好煩，不要再想了，無病呻吟嘛這個。想太多。

他記得他小時候寫的志願是將來想要拍電影，小時候他媽媽經常帶他們去看電影，可是他的人生被那些電影導演們過走了，他始終就只是個觀眾而已，買張幾百塊錢的電影票，有時在電影院裡睡覺，幻想自己是一隻飛啊飛的鳥，累了就在風裡睡，阿飛正傳，他出生那年的電影，最近又復刻上映，為什麼有些東西後來變成一堆屎，有些卻變成是經典？這當中的差異是什麼？

那些人後來都是怎麼壞掉的？他們知道自己壞掉了嗎？自己會不會也變成壞掉的大人啊？在驀然回首時，在別人的視角裡，甚至，是在鏡子裡。很多人終其一生都沒有看過真正的自己呢，什麼也不想就這樣過掉一輩子。他們是怎麼辦到的？這也是種才能吧？

好煩。不要再想了，想這些又不能當飯吃。

搖搖頭，起身，他走向吧檯，問：

「請問廁所在哪裡？」

老闆娘指了方向給他。

好麻煩，居然還要打開後門走出房子越過那道木造穿廊。他腦子裡冒出這個念頭的時候，他眼睛看到木格子窗外的大樹，他問：

「那是什麼樹？」

「芒果樹。」老闆娘說：「很老的一棵樹，比這房子還要老，這房子一百年了，那棵樹超過一百歲了。」

「歷史悠久啊，」他在心底吹了個口哨：「第一眼還以為是老榕樹。」他說，莫名其妙的就開始說：「昨天我睡在一棵樹底下，很大的一棵老榕樹，旁邊是一間土地公廟，晚上我做了一個夢，夢裡有個老阿伯，好像是個醫生，聽我說最近睡得不太好，就幫我治療，刮痧什麼的，很快我就放鬆了，像是被催眠那樣。感覺好像是神明來到我夢裡，真希望今天晚上可以再夢到一次。抱歉我突然亂七八糟說這些。」

「沒關係，難免會有這樣的時候，人生嘛。」老闆娘笑著說，老闆娘還說：「那裡的磁場不太一樣。」

那裡的磁場不太一樣。

本來，他以為老闆娘指的是榕樹底下的土地公廟，結果，原來她指的是那間廁所。

這後來增建的廁所彷彿是百年老樹的延伸，靜靜的獨立存在於這一塊面積相當大的庭院裡；廁所被隔成兩間，他看了看，不分男女，於是就近推開最裡頭的門走進去，解尿，沖水，然後，是的，當他正準備好轉身離開的時候，突然，聽到隔壁廁所傳來的哭聲。可是隔壁沒有人哪。

他疑惑的推開門走出這增建的廁所，抬頭看見眼前不是原來的百年老屋卻是他家祖宅，那個，小時候他很害怕要回去的爺爺家，總是陰陰暗暗的，不透光；在這一分鐘之前他只在照片裡看過爺爺，此刻他爺爺卻近在他的眼前，模樣，就如同陳年照片裡的年歲。

那裡的磁場不太一樣。

此刻他的爺爺正值年輕但卻在哭泣，他看見小時候大人說過的那個畫面：他那從未見過面也來不及長大的大伯過世，享年九歲，客廳裡的大人們哭成一團，而他那年僅八歲的父親則縮在角落裡，不知所措。

「你大伯是個天才兒童，可惜九歲就過世了，你爺爺好傷心，可能是因為這個打擊，開始吃喝嫖賭，變賣家產，我們家以前有很多土地。」

他想起姑姑們老是這麼提起，很納悶：九歲是能多天才啊？他沒想過爸爸是在這樣的童年裡長大，可惜可惜可惜，可惜死掉的人是那個比較天才的哥哥。

「喂喂，不要這樣想啊，他們話裡不是那個意思啦。」

他很想告訴眼前這個八歲大的小男孩，可是他張開了嘴卻發不出聲音，他不被看見。

那裡的磁場不太一樣。

此刻他的父親正值年輕但卻在哭泣，他看見小時候大人說過的那個畫面：他那從未見過面的爺爺在他出生之前過世，正值壯年，客廳裡的大人們哭成一團，而他那年輕正盛的爸爸則坐在角落，一臉憂愁。

「你爺爺真的很誇張，從中午就開始帶著你爸一起喝酒，難怪你爸長大也變成酒鬼。」

他想起媽媽老是這麼提起，他驚訝：那果真是個家規大於法治的社會啊。他沒想過爸爸就這樣從小開始喝掉自己的人生，以為借酒澆愁是唯一的解決之道。年紀輕輕就要成為一家之主，承接生活的重擔。

「喂，你沒有一個好爸爸，可是你也你不必活得像你爸爸。」

他很想告訴眼前這個年輕的大男孩，他說不出口，他還不存在。

他看見父親結婚，為人夫為人父，他看見父親遇見此生的摯愛，而當時，他還在媽媽的肚子裡，他看見父親非常想要跟那個女人走，去談一場真正的戀愛，轟轟烈烈不枉此生最好還能被演進電影裡的那種瓊瑤式浪漫；他看見父親掙扎他看見母親哭泣，他看見父親終究還是選擇家庭。

「原來你也曾經浪漫過啊。」

他很想告訴眼前這個男人，可是他說不出口。那是他爸，曾經，打算拋棄他們為愛走天涯，當他，還在媽媽肚子裡的時候。

那裡的磁場不太一樣。

他看見自己出生看見自己的童年，看見童年外面的那個世界：產業變遷，經濟泡沫，他看見父親沒有很好的學歷找不到一份很好的工作，他看見父親失落的童年，沒能好好接受教育取得文憑，沒能因此找份薪水很好的工作；學歷掛帥開始取代一技之長，而父親的一技之長被時代的變遷淘汰，所謂，時代的眼淚。

他看見父親開始逼他們兄弟倆認真讀書考取高分，他看見經濟的壓力重得父母喘不過氣，他看見父母的感情越來越糟，糟到彼此不知如何面對就乾脆不去面對；開始變成夜裡酒醉打架，隔天繼續工作，每隔一陣子就吵鬧著要和對方離婚，可是結果卻還是為了孩子和彼此過一輩子。稱為，守住這個家。

都是為了你。

他看見那些吵鬧背後的畫面，那些前因後果，那些他不知道的事，他看見父親酒杯裡的失望，對自己感到失望。他父親從來沒有走出對自己的失望，但也沒有被自己原諒。

究竟是性格造就人生，還是人生造就性格？

「爸，」

開口，他發出，抬頭，他看見父親困惑的凝望著自己，同時畫面被快轉回去年的那一天，父親過世前的那天，那天他回家拿東西，而父親就坐在客廳裡，看起來很寂寞的樣子，好像很想要兒子跟他說一說話，吃飽了嗎？不要喝那麼多酒啦。之類的，什麼都好，都可以。

但他什麼也沒說，他已經很多年不跟父親講話，也忘記該怎麼跟父親講話。

他哪知道父親隔天就在工地意外過世。

此刻，他重新走回那一天，那客廳，那畫面，開口，他聽見自己說：

「爸，沒關係啦，人生就真的很難啊。都沒有人跟你講過這件事喔？」

然後，他哭了出來，在歡迎哭泣的百年老屋前，掉淚。

——*The End*——

橘子作品 31

歡迎哭泣

Dry Your Tears

with Love

作　　者　橘子
總 編 輯　莊宜勳
主　　編　鍾靈

出 版 者　春天出版國際文化有限公司
地　　址　台北市信義路四段458號3樓
電　　話　02-7718-0898
傳　　真　02-7718-2388
E－mail　frank.spring@msa.hinet.net
網　　址　http://www.bookspring.com.tw
部 落 格　http://blog.pixnet.net/bookspring
郵政帳號　19705538
戶　　名　春天出版國際文化有限公司
法律顧問　蕭顯忠律師事務所
出版日期　二〇一九年一月初版
定　　價　280元

總 經 銷　楨德圖書事業有限公司
地　　址　新北市新店區寶興路45巷6弄6號5樓
電　　話　02-8919-3186
傳　　真　02-8914-5524

香港總代理　一代匯集
地　　址　九龍旺角塘尾道64號 龍駒企業大廈10 B&D室
電　　話　852-2783-8102
傳　　真　852-2396-0050

ISBN 978-957-741-186-0　Printed in Taiwan

國家圖書館出版品預行編目(CIP)資料

歡迎哭泣 / 橘子著. -- 初版. -- 臺北市 : 春天出版國際, 2019.01
面； 公分. -- (橘子作品 ; 31)
ISBN 978-957-741-186-0(平裝)

857.7　　108000099